아낌없이 주는 너른 품

천안이 품어준 아들 문진석이 전하는 희망의 메시지

아낌없이 주는 너른 품

문진석 지음

한스컨텐츠

품을 떠나 품이 되려 합니다

천안의 따뜻한 품속에 깃들 수 있었던 것은 내 생애의 축복이며 행운이었습니다. 가난과 시련으로 점철되었던 고단한 삶은 천안의 품에서 새로운 활력을 얻었습니다. 저는 그 따뜻하고 너른 품에서 날개를 펴고 비상할 꿈을 꾸게 되었습니다.

저는 천안에 큰 은혜를 입었습니다. 그래서 늘 고맙고 빚진 마음으로 살아왔습니다. 그리고 그 은혜를 갚고자 나름의 노력을 해왔습니다. 충청남도 도지사 선거 캠프에 참여하고 비서실장으로서 양승조 지사님을 보좌하게 된 것 역시 보은(報恩)의 의지에서 비롯되었습니다.

어머니의 품속은 한없이 안락하지만 언제나 머물러 있을 수는 없습니다. 성장하면 그 품을 떠나야 합니다. 그리고 자신의 품을 벌릴 때 비로소 어른이 됩니다. 천안이 따뜻하게 품어준 아들 문진석은 그 품에서 나와 스스로 품이 되고자 합니다. 천안이 내게 해주었듯 약하고 지치고 눈물 흘리는 사람을 감싸 안고자 합니다. 시민들의 수심 어린 얼굴에 웃음을 되찾아주려 합니다.

안타깝게도 한국 사회는 행복하지 않습니다. 정치가 그 역할을 하지 못하기 때문입니다. 꽃다운 생명을 실은 세월호를 침몰시킨 무능하고 부패한 정치가, 그 부끄러움조차 느끼지 못하는 인면수심(人面獸心)의 정치인이 아직도 목소리를 높이고 있습니다. 이런 정치와 정치인은 한국 사회를 껴안을 품이 되지 못합니다.

정치가 회복되어야 합니다. 정치가 국민을 품어주고 행복하게 만드는 소임을 회복해야 합니다. 정치가 제 역할을 하게끔 개혁에 앞장서는 게 저의 운명적 사명이라 믿습니다. 특별히 극심한 양극화를 해소하여 정의와 공평을 실현하는 데 헌신하고자 합니다.

옛날부터 천안은 사람을 품어주는 곳이었습니다. '천안(天安)'이라는 이름은 '하늘 아래 가장 편안한 곳'을 뜻합니다. 옛 이름인 도솔(兜率)도 덕을 쌓은 사람만이 갈 수 있다는 이상향입니다. 천안이 그 이름에 걸맞게 행복이 샘솟는 곳이 되도록, 그 품속에서 시민이 기쁨을 누리도록, 천안이 품어준 아들 문진석이 새로운 희망의 품이 되겠습니다. 아낌없이 주는 너른 품이 되겠습니다.

문진석

1장

새로운 품

운명의 시작

아침에 찾아온 손님

겨울 해가 산 중턱에 걸려 어둑어둑한 미명이었다. 여느 날 아침처럼 일과를 챙기고 있는데 전화 한 통이 걸려왔다. 양승조 의원이었다. 우리 집 앞에 와 있으니, 차 한잔하자고 했다.

'이른 아침에 무슨 일일까?'

궁금한 생각으로 그를 맞았다.

그 무렵 양승조 의원은 2018년 6월에 치러질 지방선거에 충청남도 도지사로 출마하려는 계획으로 더불어민주당 내 경선을 준비 중이었다. 나는 그해 1월에 양승조 의원을 만나서 선거 캠프에 참여해달라는 제안을 받았었다. 그 자리에서 나는 "할 일이 있다면 돕겠다"고 대답했고, 종종 캠프에 들러 경선 전략을 자문하는 역할을 하고 있었다.

"문 사장, 나를 도와주세요."

부드러운 어조였지만, 그 눈빛에서 결연함이 느껴졌다.

"이미 돕고 있지 않습니까? 제 역량이 되는 한, 더 열심히 하겠습니다."

나는 정중히 대답했다.

"그런 정도가 아니라, 본격적으로 도와주세요. 캠프를 챙겨주십시오."

늘 그렇듯, 양 의원의 목소리에는 부드러운 카리스마가 넘쳤다. 유순하지만 사람의 마음을 압도하는 힘이 느껴졌다. 나는 몹시 난처했다.

"양 의원님, 고맙습니다만 그건 곤란합니다. 제 나름대로 계획을 가지고 있는 것을 잘 아실 겁니다. 이해해주십시오."

나는 몇 년 전부터 사업이 안정되면 현실 정치에 뛰어들겠다는 포부를 키우고 있었다. 고향에서 국회의원에 출마하고 싶었다. 그래서 이미 2015년에 회사 경영 일선에서 물러나서 기회를 모색하며 조심스럽게 준비 방안을 찾던 중이었다. 특히, 2020년 국회의원 선거에 출마하려면 해당 지역으로 가서 지방선거 지원을 하는 게 자연스러운 과정이었다. 이런 계획을 염두에 둔 터라

양 의원의 제안은 당혹스럽게 느껴졌다. 하지만 양승조 의원은 물러서지 않았다.

"이해합니다. 하지만 그 일은 나중에 해도 되고 다른 사람에게 맡겨도 됩니다. 지금 가장 문 사장을 필요로 하는 사람인 나를 도와주세요."

나는 간곡하면서도 당당한 양 의원의 제안을 매몰차게 뿌리치기 어려웠다. 그래서 생각해보겠노라고 대답하고 말았다.

새로운 미래

그리고 사흘 후, 나는 양승조 캠프의 상황실장을 맡았다. 미처 생각하지 않은 일이었다. 늘 그렇듯 짓궂은 운명은 미래라는 카드를 자기 마음대로 뒤섞어 놓았다. 하지만 그 카드를 집어 들고 승부를 내야 하는 게 미래를 대하는 삶의 자세가 아닐까?

'양승조는 이 시대를 이끌어갈 큰 인물이다. 그가 충청남도를 책임지고, 더 나아가 나라를 발전시키는 큰 정치를 하도록 곁에서 돕는 게 나의 운명적 소임인지도 모른다.'

이런 생각이 나를 한 방향으로 이끌었다.

내 선택을 의아하게 받아들이는 사람도 있었다. 그도 그럴 것이 다른 정치인을 돕기 위해 자신의 선거 준비 일정을 포기하는 게 상식적으로 쉽게 이해될 일은 아니었다. 여기에 더해 승산이 낮다는 치명적인 문제가 있었다.

내가 본격적으로 캠프에 합류한 2018년 2월만 하더라도 양승조 의원이 더불어민주당 내 경선을 통과해서 본선에 나서리라고 예측하는 사람은 그리 많지 않았다. 청와대 대변인을 지내며 막강한 대중 인지도를 쌓았고 안희정 전 지사의 정치적 후광을 입은 박수현이라는 강력한 경쟁자가 있었기 때문이다.

나는 단순히 양승조가 좋은 사람이라서, 혹은 의리나 존경심, 의무감만으로 결단한 것이 아니었다. 나는 사업가 출신답게 승산을 따졌다. 굳이 질 게 뻔한 싸움에 뛰어들 이유가 없었다. 나는 양승조가 이길 것이라고 보았다. 막연한 감이 아니었다.

박수현도 훌륭한 인물이지만 역량과 인품, 리더십과 비전이 양승조에 미치지 못한다. 되어야 하는 사람이 되는 게 순리다. 전략을 잘 세워서 밀고 나간다면 양승조 의원의 승산이 높다고 보았다.

문재인 마케팅

충청남도 도지사 선거에 출사표를 던진 박수현은 두 사람의 사진을 들고 나왔다. 안희정 전 지사와 문재인 대통령이었다. 청와대 대변인을 역임한 경력과 안희정의 오랜 친구라는 점을 충분히 활용하겠다는 전략이었다. '안희정의 친구, 대통령의 입'이라는 구호가 사람들의 마음을 강력하게 파고들었다.

나는 박수현이 들고나온 두 사진 중 하나를 우리가 빼앗아야 한다고 주장했다. 문재인 대통령의 사진은 우리 캠프의 것이야 한다고 보았다. 이것은 정당한 판단이었다. 2017년 대통령 선거 더불어민주당 경선에서 충청남도의 유력 정치인들은 대부분 안희정 전 지사의 편에 섰다. 지역에서 대통령이 나오기를 바라는 자연스러운 염원이었을 것이다. 하지만 그때 양승조 의원은 외롭게 문재인 대통령을 지원했었다. 그 결과 대권 창출에 힘을 보탰지만, 지역 정치권에서는 비주류가 된 셈이다. 그러니 양승조 의원은 당내 경선에서 떳떳하게 문재인 마케팅을 펼칠 자격을 가지고 있었다.

나는 문재인 마케팅이 매우 효과적이라 판단했다. 곧 치러질 평창 동계올림픽에 북한이 참여할 것이고 문재인 대통령의 주도로 남북 화해 분위기가 조성될 것이라 예상했기 때문이다. 그러면 문재인 대통령의 리더십과 영향력이 꽃피우며 지지도가 상승할 것이다. 이것이 양승조 후보에게 긍정적인 영향으로 이어지도록 전략을 짜야 했다.

그러나 문재인 마케팅의 포문을 어떻게 여느냐가 관건이었다. 나는 양승조 의원에게 제안했다.

"충청남도에서 문재인 캠프에 있었던 사람들을 모두 우리 캠프에 합류시킵시다. 그분들이 마음껏 움직일 수 있도록 그분들이 원하는 것은 할 수 있는 한 배려합시다."

양 의원의 결심이 서자, 나는 문재인 캠프에 소속되었던 사람들을 설득했다.

"우리가 지지한 문재인이 성공한 대통령이 되고 성공한 정부를 이끌도록 함께 땀을 흘려야 하지 않겠습니까. 그러려면 충청남도 문재인 캠프의 핵심이었던 양승조를 돕는 게 마땅합니다."

그들은 나의 말에 고개를 끄덕였다.

다음 날 "충청남도 문재인 캠프 인사들이 대거 양승조 캠프에 합류한다"는 내용의 보도자료를 배포했고 기자회견도 열었다. 합류한 문재인 캠프 출신 정치인들이 기자회견에 함께했다. 그 후 양승조 의원의 지지율이 7% 가까이 오르며 멀찍이 앞섰던 박수현을 추격하기 시작했다.

후보의 경쟁력

문재인 대통령이라는 상징 효과를 잘 활용한 것은 적절한 전략이었지만, 그것만으로 선거를 펼칠 수는 없었다. 그리고 그래서는 안 된다. 다른 사람의 상징성에 전적으로 기대는 선거는 매우 위험하며 바람직하지 않다. 자신의 비전과 능력으로 승부를 내는 게 본질이 되어야 한다.

앞서도 말했지만, 역량과 자질, 인품 면에서 양승조는 다른 후보들보다 월등히 뛰어났다. 이것은 경선과 본선 레이스를 이끌어갈 강력한 힘이 되었다. 특별히 양승조 후보는 인격적으로 완성된 인물이며 흠결을 찾아보기 어려웠다. 이것은 선거라는 복마전에서 갑자기 튀어나오는 리스크에서 비교적 안전하다는 뜻이다. 나는 다음 단계의 경선 전략으로 이 부분을 강조하려고 계획했다.

안타깝게도 상대 후보는 생각하지 못한 곳에서 발목이 잡혔다. 안희정 전 지사의 미투(Me Too) 사건이 터지자 박수현 전 대변인은 더는 안희정의 상징성에 의존하지 못하게 되었다. 선거 전략의 중심축이 무너져버린 것이다. 여기에 자신의 개인사와 관련한 소문이 흘러나와 사면초가의 상황에 빠졌다.

박수현 전 대변인이 예비후보에서 사퇴하면서 양승조 의원은 선의의 경쟁을 펼칠 겨를도 없이 당내 경선에서 승기를 잡았다. 그리고 이어진 지방선거에서 62.55%의 압도적 득표로 충청남도 도지사에 당선되었다.

버거운 운명은 없다

내가 양승조 의원의 충청남도 도지사 당선에 의미 있는 역할을 하게 되리라고는 전혀 예상하지 못했었다. 그리고 그 이후에 무슨 일이 어떻게 이어질지도 짐작하지 못했다. 나는 지금껏 그려오던 미래를 버리고 새로운 운명 앞에 몸을 던진 형국이 되었다.

무모한 행보일지 모른다. 하지만 달리 생각할 여지가 있다. 사람이 자신의 미래를 환히 아는 것은 오히려 불행이다. 그의 인생은 기쁨과 공포가 끝없이 교차하는 롤러코스터처럼 혼란해질 것이기 때문이다. 톨스토이의 유명한 말이 떠오른다. "우리는 미래를 위해서 무엇을 해야 하는지 결코 알 수 없다. 그래서 인생은 멋진 것이다."

나는 내가 받아들인 운명과 미래를 겸허하고 성실하게 짊어져야 했다. 운명이 버겁다면 그것은 그 사람이 약한 탓이다. 내가 약할수록 운명이 버겁게 느껴지게 마련이다. 나는 운명의 갈퀴에 걸리지 않고 앞으로 나아갈 것이다.

내게 주어진 새로운 운명이 따뜻한 품처럼 느껴진다.

도지사 비서실장

갑작스러운 제안

    양승조 도지사 당선인은 취임을 일주일쯤 앞두고 나에게 비서실장을 맡아달라고 제안했다. 그가 몇 가지 점에서 나를 긍정적으로 평가했으리라 짐작한다. 첫째, 나는 경제적으로 안정되었고 공적 마인드가 강하기에 부패에 빠질 가능성이 작다고 판단했을 것 같다. 둘째, 행정 공무원들을 이끌고 관계를 조율하기에 나이가 적절하다고 보았던 것 같다. 셋째, 조직 장악력에 높은 점수를 주었던 것 같다. 내가 도지사 선거운동 캠프에 합류했을 때 조직이 느슨하고 방만한 부분이 있었는데 이를 짜임새 있게 이끈 점을 눈여겨보았던 것 같다.

양승조 도지사 당선인의 제안은 무척 고마웠지만, 계획하지 않았던 것이기에 고민이 되지 않을 수 없었다. 도지사를 열심히 도와야겠다고는 생각했지만, 돕는 자리가 꼭 비서실장이어야 하는지는 미지수였다.

내가 잘해 낼 수 있을지가 가장 염려스러웠다. 도지사와 일정을 함께하며 수행하고 보좌하는 일은 육체적으로나 정신적으로 고된 노동이다. 50대 후반으로 접어든 나이에 체력이나 정신력이 부족하여 자칫 누가 될 수도 있다. 그리고 기업만 운영해보았지, 행정 경험이 전혀 없는 점도 거리낌을 주었다. 또한 '자리'를 중요하게 여길 처지는 아니었기에, 공식 직책을 갖지 않고 후방에서 도지사를 돕는 게 더 낫지 않을까도 고려해보았다.

보은과 봉사의 기회

깊이 고민한 끝에 도지사 비서실장이라는 중책을 받아들이자고 결심했다. 그것이 나에게 너른 품을 내어준 충청남도와 천안에 대한 보은(報恩)의 한 방법이라고 생각했다. 10여 년 전 경제적 불안정에 시달리며 힘든 시간을 보낼 때, 충청남도와 천안은 나와 우리 형제자매에게 열심히 일하고 자리를 잡을 기회를 주었다. 천안에 와서 내 삶은 새로운 전기를 맞이했다. 여기에 대해 늘 그 고마움을 품고 있었다.

도지사를 보좌하는 간접적인 방법으로나마 충청남도가 발전하는 데 일익을 담당할 수 있다면, 그 기회를 외면하지 않아야겠다는 내면의 목소리가 들렸다.

'앞으로 살면서 은혜를 갚을 계기가, 도민을 위해 봉사할 소임이 언제 또 주어지겠는가? 언제까지 충청남도와 천안의 품 안에만 머무는 아이가 될 수는 없다. 나도 도민에게 작은 품을 내어 줄 수 있다. 이 직무를 소중한 기회로 받아들이고 헌신하자!'

또한 행정 공무원 출신이 아니라 기업 경영을 하던 사람의 시각과 의견이 도정에 새로운 관점과 활력을 제공할 수 있으리라는 기대도 품었다.

학습만이 살길

비서실장의 직무는 생각하던 것보다 더 고되고 무거웠다. 이른 아침부터 한밤중까지, 그리고 주말과 휴일을 가리지 않고 강행군이 계속되었다.

도정에 필요한 기본 행정 지식과 관행을 파악하는 게 급선무였다. 나는 오전 7시 30분 이전에 출근해서 그날의 업무를 미리 챙기고 필요한 부분을 공부했다. 그 전날 술을 많이 마셔도 출근 시간을 반드시 지켰다. 주말이면 주중에 도지사 보좌 일정으로 검토하지 못했던 보고서를 읽으며 충청남도 행정의 다양한

깊이 고민한 끝에 도지사 비서실장이라는 중책을 받아들이자고 결심했다. 그것이
나에게 너른 품을 내어준 충청남도와 천안에 대한 보은의 한 방법이라고 생각했다.

부분을 공부했다. 낯선 용어와 절차도 빠뜨리지 않고 학습했다.

행정 공무원들에 뒤처지지 않는 역량으로 같은 분량의 업무를 해내면서도 그들과는 다른 관점과 문제 해결 방안을 갖는 게 목표였다. 이 목표를 이루려면 엄청난 학습이 필요했다.

정무직 공무원이 조직에서 혁신을 실현하려면 행정 공무원들을 논리적으로 설득할 수 있어야 한다. 몰라서 엉뚱한 소리 하는 것이 아니라, 상황을 꿰뚫어 보는 토대에서 변화의 방향이 무엇인지 제시해야 한다. 그래야 변화를 촉진하고 이끌 수 있다.

밤낮과 주말을 가리지 않고 6개월 정도 열심히 공부하자 도정의 전반적 얼개와 혁신의 방향이 눈에 들어오기 시작했다.

도민의 눈으로

함께 열심히 일하면서도 다른 시각과 해결책을 제시하겠다는 목표로 업무를 해나가면서 변화의 방향을 제안했다. 그것이 외부에서 투입된 정무직의 당연한 소임이었다. 특히 관행에 얽매이지 않고 도민의 관점에서, 도민의 이해관계에 뿌리를 내린 행정이 이루어지도록 조언하고 보좌하고자 했다.

행정 공무원이 아닌, 외부의 관점이 때로는 묵은 문제를 해결하고 변화를 이루는 데 큰 도움이 된다는 것을 몇몇 사안과 부딪치며 절실히 깨닫게 되었다. 그중 하나가 천안시 동남구 청수동 주공 4단지 아파트 재건축이다.

주공 4단지 아파트와 그 주변 지역은 주거 환경의 변화가 절실한 곳이었다. 변화의 방향 중 재건축이 유일한 대안이었다. 지자체가 공영 개발 방식으로 재건축을 할 수는 없기에 민간 회사가 나서야 했다. 그런데 민간 회사가 재건축에 참여하게 하기 위해서는 적절한 이익이라는 유인책이 필요했다. 하지만 깐깐한 재건축 심의 기준을 만족시키며 민간 회사가 이익을 낼 여지가 없었다. 민간 회사가 현실 가능한 재건축 설계를 제시하면 늘 심의에서 부결되어왔다. 그 결과 13년 동안 재건축 허가가 나지 않는 답답한 상황이 이어지고 있었다.

나는 낙후된 이 지역이 주거 환경을 개선하기 위해서는 도시 재정비가 필요하고 그러려면 주공 4단지 재건축이 선결 과제라고 보았다. 그리고 이에 대해 건의했다.

"주민들의 염원이 가장 중요하다. 도정이 이것을 받아 안아야 한다. 새롭게 부지를 조성하여 아파트를 짓는다면 엄격한 심의 기준이 필요하지만, 기존 아파트를 헐고 다시 짓는 상황에서 민간 회사를 참여시키려면 어느 정도 융통성을 발휘해야 한다. 법률에 규정되고 안전과 관련되는 필수적인 기준은 더욱 엄격하게 적용하면서도 유연성을 실현할 부분을 찾으면 된다. 물론 원칙과 기준은 중요하다. 이것을 함부로 다루면 행정이 중구난방이 되고 혼란이 생긴다. 하지만 원칙을 지키면서도 문제를 풀 여지는 많다. 무조건 안 된다고 거부할 것이 아니라 될 방법을 찾자"는 게 내 조언의 요지였다.

현재 천안 주공 4단지 재건축은 뒤얽힌 매듭을 풀고 순조롭게 추진 중이다. 시공사를 선정하고 사업시행인가를 받았다. 2020년 착공한다고 한다. 이를 출발점으로 해당 지역의 주거 환경 개선이 잘 이루어지기를 바란다. 그러면 도민의 관점과 새로운 시각으로 이 문제에 대해 접근하고 추진을 독려한 사람으로서 더 큰 긍지와 보람을 느끼게 될 것이다.

비서실 혁신

권위주의 타파

비서실장은 자신이 직접 나서서 무엇인가를 하는 자리가 아니다. 리더가 직임을 잘 수행하도록 보이지 않는 곳에서 보좌하는 역할이다. 충청남도를 바꾸고 행정 조직을 혁신하는 것 역시 도지사의 책임이다. 그렇지만 비서실장에게도 주어진 조직이 있다. 비서실이다. 나는 도지사를 잘 보좌하는 일과 함께 비서실을 혁신하는 것을 중요한 과제로 받아들였다.

비서실 혁신의 첫 과제는 조직 내 권위주의 타파였다. 비서실에 부임하고 보니 회사 조직과는 다른 행정 조직 특유의 권위주의가 느껴졌다. 몸에 맞지 않은 옷을 입은 듯 불편하고 어색했다. 내 취향에 맞지 않는 것보다 더 크고 본질적인 문제는 이것이 도청 전체의 경직성을 가져온다는 점이었다. 권위주의적 문화를 없애고 민주적인 조직 문화를 형성하는 게 절실하다고 보았다.

가장 먼저 비서실장에 대한 여러 의전을 없애버렸다. 비공식적인 관행으로 존재하던 것들도 모두 물리쳤다. 예를 들어, 비서실 직원들끼리 식사를 하러 가면, 으레 말단 직원이 운전을 맡았다고 한다. 하지만 나는 내 차에 직원들을 태우고 내가 직접 운전했다. 처음에는 직원들이 화들짝 놀라며 난처하게 받아들였다. 하지만 점차 "공식 업무도 아니고 부서 사람끼리 식사하는 자리인데, 책임자가 자기 차량을 직접 운전하는 게 옳다. 주유비를 지원받는 것도 아닌데 부하직원에게 폐를 끼치고 부가적인 업무 부담을 지우는 것은 잘못된 관행이다"라는 내 의견을 받아들였다.

그러면서 비서실에 남아 있던 위계적이고 딱딱한 분위기가 걷혔다. 다른 부서와의 관계도 훨씬 매끄러워졌다. 호가호위(狐假虎威)라는 말이 있듯 최고위직을 보좌하는 비서실이 어깨에 힘을 주면 조직 내 소통이 막히고 업무가 원활하게 진행되지 않는다. 사람들이 비서실에 오는 것조차 부담스럽게 여기게 된다. 하지만 비서실 운영이 민주적으로 바뀌면서 이런 막힘이 뚫리기 시작했다.

문을 활짝 열다

권위주의적 조직 문화를 해소하는 것과 동시에 비서실 문턱을 낮추어 개방하고자 노력했다. 최고위직과 통하는 관문이 되는 비서실은 어느 정도의 폐쇄성이 존재하기 마련이다. 그러나 이 폐쇄성이 도가 지나치면 '문고리 권력'을 형성해 조직 전체를 위기에 빠뜨릴 수도 있다. 나는 비서실을 완전히 개방해야 한다고 보았다.

우선 도청 내에서 공무원들이 부담을 느끼지 않고 편하게 비서실을 찾을 수 있도록 했다. 비서실 조직 문화를 민주적으로 바꾸어 분위기를 새롭게 한 것이 이런 시도에 큰 도움을 주었다. 분위기가 밝고 직원들이 친절하다면 비서실을 오가는 데 부담을 덜 느끼기 때문이다.

실장·국장·과장들과의 관계도 우호적이고 긴밀해졌다. 그들이 각종 보고를 하거나 결재를 받으러 올 때도 그 자리가 편하고 유쾌하게끔 분위기가 바뀌었다. 그러면서 비서실에 대한 도청 내 평판이 좋아졌다. "비서실 사람들 괜찮더라. 친절하게 잘 도와주던데." 같은 칭찬의 목소리도 들렸다.

이런 혁신을 통해 비서실은 도지사를 둘러싼 폐쇄된 성벽이 아니라 도지사와 잘 연결해주는 뚫린 통로로 작용했다.

비서실의 변화는 소통을 중요하게 여기는 도지사 방침과도 일치했다. 아무리 도지사님이 열린 소통을 지향해도 비서실이 막혀 있다면 흐름이 차단된다. 과거에는 비서실에 경직되고 폐쇄된 문화가 없지 않았다고 한다. 이런 막힘과 경직을 걷어내고 민주적이며 개방된 문화를 불러일으킨 것은 비서실장으로 일하면서 큰 자부심을 느끼는 부분 중 하나이다.

도지사의 귀

비서실장은 단순 보좌를 넘어서 도정 전반에 대한 파악과 점검에도 주력해야 한다. 나는 민원을 청취하여 그것을 도지사에게 보고하거나 관련 부처에 전달하는 일에 특별한 관심을 두었다.

비서실 개방은 도청 내 직원에 한정된 것이 아니었다. 진정한 개방은 도민에게 비서실 문을 활짝 여는 것이라고 생각했다. 모든 민원인이 도지사를 직접 만나서 자신의 이야기를 할 수는 없다. 하지만 비서실이 도지사의 귀가 된다면 그 부족함을 메울 수 있을 것이라 보았다.

나는 가능한 한 비서실을 찾는 도민들의 이야기를 직접 듣고 그 애환에 공감하며 함께 해결책을 찾는 데 열정을 쏟았다. 그것이 도민과 도지사의 사이를 더 가깝게 연결하는 비서실의 핵심적인 책임이라 여겼다.

도지사 비서실장으로 1년 4개월여를 일하며 두꺼운 업무 수첩 7권을 기록했다. 그 대부분이 민원인의 이야기를 옮긴 것이다. 매일 아침이면 그 기록을 다시 보면서 도지사에게 직접 보고할 사항, 관련 부서에 전달할 사항을 구분하여 처리했다.

민원인이 법으로도 해결할 수 없는 문제를 처리해달라고 간청할 때가 가장 안타깝고 괴로웠다. 어쩔 수 없는 일이기 때문이다. 그러나 법률의 범위 안에 있는 일, 재량으로 풀 수 있는 일은 최대한 풀어내고자 노력했다.

나의 이러한 시도는 현장 공무원에게 큰 부담을 주기도 했다. 기존 지침에 따라 현재 업무를 처리하는 것도 바쁘고 힘든데, 새로운 일을 새로운 방법으로 진행해야 하니 힘이 들고 경우에 따라서는 위험 부담도 있었다. 그런데도 열과 성을 다해준 공무원들이 고맙게 느껴진다.

비서실을 개방하여 도지사의 귀가 되려고 노력하는 과정에서, 진정한 정치의 시작은 사람들의 이야기를 듣는 데 있음을 거듭 절감하게 되었다. 좋은 정치인은 잘 들을 줄 아는 사람이다. 경청에서 문제의 파악과 해결책의 모색이 비롯된다. 그리고 때로는 묵묵히 듣고 공감하는 것 자체가 유일한 해법이기도 하다.

듣는 것은 품는 것이다. 듣는 사람은 자신의 품을 내어준다. 경청의 그릇과 진정성의 깊이가 그 사람의 품이 얼마나 큰지를 드러낸다. 도지사 비서실장 직무를 수행하면서 이 사실을 깨달 았으며 꾸준하게 들음을 훈련해왔다. 나는 들음으로써 너른 품 을 내어주는 좋은 정치인이 되고자 한다.

따뜻한 실용주의자

복잡한 매듭을 푸는 방법

　기업 경영 경험은 행정과 정치에 긍정적인 도움을 준다. 기업가 출신들은 실질적인 성과를 중요하게 여기기에 절차와 관행을 기준으로 사안을 판단하는 행정 공무원보다 시야가 더 넓을 수 있다. 나의 경우는 기업 경영 외에도 다양한 현장을 두루 경험해 왔기에 현상을 파악하는 관점이 달랐고, 문제 해결 방법을 입체적으로 찾을 수 있었다.

　행정 공무원 중에는 절차와 규정이 없거나 모호한 뜻밖의 상황을 마주하면 당황하는 사람들이 많다. 본질적으로는 기존 일과 크게 다르지 않은데도, 펼쳐진 현상이 낯설면 어떻게 대응해야 할지 몰라 진땀을 흘린다.

나는 비서실장으로서 다양한 사람들을 만나고 예기치 않던 상황을 무수히 접해야 했다. 그럴 때면 복잡하게 받아들이거나 당황하지 않았다. 그 사안의 본질이 무엇이며 무엇을 목표로 삼아야 하는지를 분명히 규정하고 준법의 틀 안에서 다양한 방법을 동원해서 문제를 풀어나갔다.

도청의 여러 공무원이 이런 나를 찾아와 자문을 구하곤 했다. 그때마다 머리를 맞대고 의논했는데, 어떤 경우에는 관점을 바꾸는 것만으로도 간명한 접근 방식이 나오기도 했다.

단순명쾌한 문제 해결에 대해 '고르디우스의 매듭'이라는 옛이야기가 전해진다. 평민 출신으로 왕위에 오른 프리기아의 왕 고르디우스는 신전 기둥에 아주 복잡한 매듭을 엮어 전차 한 대를 묶어 두었다. 그리고 "이 매듭을 푸는 자가 아시아를 정복할 것"이라고 예언했다. 숱한 사람이 도전했지만 아무도 이 매듭을 풀지 못했다. 그러던 중 아시아 정벌에 나선 알렉산더가 이 나라를 지나게 되었고 매듭에 대한 소문을 들었다. 많은 사람이 지켜보는 가운데 알렉산더가 이 매듭 앞에 섰다. 찬찬히 매듭을 살펴보던 그는 칼을 빼내 매듭을 잘라버렸다. 그리고 "아시아를 정복할 사람은 바로 나, 알렉산더다!"라고 외쳤다.

문재인이 대통령께서는 "과거 30년은 학생운동이나 시민운동

공익과 가치를 실현하기 위해 자기 이익을 초개처럼 버리는 견고한 원칙주의자인
동시에 유연하고 창의적인 실용주의자로 살고자 한다.

을 하던 사람이 진보 진영의 주류를 이루었는데, 이제 주류 교체를 해야 한다. 실용적이고 창의적인 사람이 주류가 되어야 앞으로 미래 30년을 헤쳐나갈 수 있다"는 취지의 말씀을 하신 적이 있다. 매우 의미 있고 중요한 지적이라고 생각한다. 기업 경영 경험을 바탕으로 실용적으로 사고하고 효과적으로 문제를 풀어내는 사람의 역할이 더욱 중요해지고 있다.

공적 마인드

앞에서 강조했듯 기업가로서의 역량과 경험은 좋은 정치를 위한 자산이 될 수 있다. 하지만 여기에는 필수적인 전제가 있다. '공적 마인드'가 뒷받침되어야 한다. 유능한 기업가인데 공적 마인드가 없는 사람이 정치를 한다면 어떻게 될까? 그는 정치를 강력한 수익 모델로 삼을 가능성이 크다. 그의 눈에는 곳곳이 돈벌이 기회로 보일 것이다. 이것은 매우 위험하다.

기업가들은 이윤을 향한 욕망이 강하다. 돈의 흐름도 남들보다 더 잘 본다. 이것을 제어할 유일한 장치가 공적 마인드이다. 공적 마인드가 없는 정치인은 공익을 표방하면서도 사익을 추구하는 이른바 양두구육(羊頭狗肉)의 행태를 보일 것이다.

기업가 출신의 실용적 태도가 항상 도움이 되는 것은 아니다. 자기 이익에만 혈안이 된 기업가 출신 정치인의 실용적 사고는 국민에게 이로울 것 하나 없이 해악만 끼친다. 따라서 공적 마인드가 있는 기업가 출신만이 정치에서 자신의 경험과 역량을 긍정적으로 펼칠 수 있다.

공적 마인드를 단순하게 표현하자면 공익과 사익이 부딪힐 때, 자신의 손해를 감수하면서도 공익을 선택하는 태도이다. 예를 들어 어떤 정책을 추진하려는데, 그 정책으로 자신이나 자신과 가까운 사람이 손해를 본다고 하자. 그런데 사회 전체적으로는 이익이다. 이때 자신이나 가까운 사람의 이익을 과감히 포기하며 때로는 인간적 갈등도 감수하는 태도가 공적 마인드이다.

나에게는 어린이집을 운영하는 조카가 있다. 충청남도에는 어린이집 지원 정책이 있는데 인증을 받은 곳만 혜택이 주어진다. 나는 지원 정책의 내용과 자격을 잘 알았고 조카가 그 대상이 되지 않는다는 사실도 이미 파악한 상태였다. 그때 내가 조카의 이익을 위해 "형평성 문제가 있으니 인증을 받지 못한 어린이집도 지원 대상에 포함시키자"고 주장했다면 어떤 일이 생겼을까? 예산이 비효율적으로 낭비되었을 것이다. 그래서 조카의 이익은 내 관심사가 되지 않았다.

공공 의사결정을 할 때는 이해관계가 첨예하게 갈리곤 한다. 개발 계획의 선을 가로로 긋느냐, 세로로 긋느냐에 따라서 혜택을 보는 사람이 달라진다. 그런데 그 계획에 자신이나 가족, 친구가 포함되었다면 어떨까? 이때도 한 점 흔들림 없이 공공의 이익에 가장 부합하는 결정을 해야만 한다.

일선에서 기업을 경영하는 사람에게 공적 마인드를 강요하기는 어렵다. 사적 이익의 포기는 기업과 경영자의 정체성을 흔드는 것이기 때문이다. 그들은 기업의 사회적 책임 의식을 갖는 것으로 충분하다. 사회를 통해 얻은 이익을 사회와 나누는 실천을 한다면, 그것으로 기업가의 사회적 역할을 할 수 있다.

하지만 기업가 출신으로서 공직에 나서는 사람은 이와 다르다. 그에게 주어진 사명은 이윤을 얻는 게 아니라 공공성을 추구하는 것이다. 이익을 보면 의로움을 생각하는 견리사의(見利思義)의 태도가 몸에 배어야 한다.

따뜻한 실용주의자

기업가도 자신이 속한 산업의 특성에 따라 공적 마인드를 진지하게 받아들여야 할 때가 있다. 나는 환경 관련 사업을 해왔기에 공적 마인드에 대해 고민할 기회가 많았다. 구체적으로 말하자면 공공의 이익을 침해하면 더 많은 돈을 벌 기회를 접하곤 했다.

예를 들면 국가가 정한 기준 이상으로 오염 물질을 배출하면 이익이 커지는 경우가 있다. 이때 얻는 이익이 적발되어 처벌받을 때의 손실보다 더 크다면 유혹에 흔들릴 수 있다. 하지만 이 때는 좌고우면하지 않고 과감히 사익을 포기하는 게 옳다. 나는 공익을 거슬러 이익을 얻는 것은 회사가 망하는 가장 간단한 방법이라고 여겨왔다. 어떤 경우에도 공익을 희생시키지 않았다고 자부한다.

앞에서 천안 주공 4단지 재건축 과정에 관해 이야기했었다. 이 일을 풀어내기 위해 동분서주하면서 친형이 관련되어 있다는 사실을 알게 되었다. 내가 비서실장을 맡기 훨씬 이전부터 재건축 조합장과 철거 관련 사업의 이야기가 있었던 모양이었다. 나는 형을 만나 여기에서 손을 떼라고 단호하게 말했다. 전후 사정이야 어떻든, 내가 이 문제 해결에 노력했는데, 형이 사업을 진행한다면 그 대가로 일을 따냈다는 오해에 휩싸일 수 있다고 말했다. 형은 한 치의 주저함도 없이 흔쾌히 사업을 포기했다.

내가 공직에 있는 것이, 정치를 하려 하는 것이 우리 형제의 사업에는 전혀 도움이 되지 않았다. 오히려 역차별을 받아야 할 때가 많았다. 앞으로도 이런 형편에는 변함이 없을 것이다. 조금이라도 이해관계가 엮인 부분이 있으면 무조건 안 하는 게 원칙이다. 아무리 정당하다 하더라도 작은 오해의 틈도 허용하지 않으려 한다.

내가 지닌 기업 경영 경험, 혁신적 사고, 문제 해결 능력, 창의적 발상 등은 공적 마인드로 탄탄하게 뒷받침되어야만 효능을 발휘할 수 있음을 잘 안다. 도지사 비서실장을 맡아 공직을 수행하면서 그리고 정치에 뜻을 두면서 공적 마인드의 소중함을 더욱 되새기고 있다.

공익과 가치를 실현하기 위해 자기 이익을 초개처럼 버리는 견고한 원칙주의자인 동시에 유연하고 창의적인 실용주의자로 살고자 한다. 이를 통해 '따뜻한 실용주의자'라는 이 시대가 원하는 새로운 정치인 모델을 제시하고 싶다.

7권의 업무 수첩

작은 목소리 하나도 놓치지 않기 위하여

1년 4개월여 도지사 비서실장으로 일하며 7권의 업무 수첩을 썼다. 2,000페이지가 넘는 분량이다. 휴일을 포함하더라도 하루에 4페이지 넘게 쓴 셈이다. 거기에는 그동안 직접 만나서 들었던 도민과 공무원들의 목소리가 빼곡히 기록되어 있다. 충청남도의 미래가 걸린 중요한 현안도 적지 않다.

나는 도민과 공무원들의 목소리를 열심히 들으며 깊이 공감했었다. 하지만 모든 것을 기억할 수는 없었다. 기억력에는 한계가 존재했다. 그래서 때로는 강박관념에 매인 듯 하나도 빠뜨리지 않으려 애썼다. 낱낱이 기록하고 매일 복기했다. 비서실 회의 안건으로 삼아 논의하기도 하고 필요한 사항을 추려 도지사에게 직접 보고하기도 했다. 관련 부서에 이관하거나 전달한 것도 있다.

수첩을 펼치니 그간의 일들이 뇌리를 스쳐 지나간다. 수많은 일이 있었지만, 기억에 남는 몇몇 사안을 되짚어본다.

충청남도의 고통은 국가의 고통

미세먼지가 기승을 부리며 국민을 고통에 빠뜨리고 있지만, 뚜렷한 해결책이 나오지 않는 실정이다. 발생 요인이 복합적이며 단기적으로 해결될 일이 아니기 때문이다. 미세먼지의 원인은 외부 유입과 내부 발생이 있는데, 중요한 내부 발생 요인 중 하나로 노후 화력발전소가 꼽힌다.

전국의 화력발전소 60기 중 30기가 충청남도에 밀집해 있다. 그중에서도 보령 1, 2호기는 30년이 더 된 노후 시설이다. 이 보령 1, 2호기를 2020년까지 조기 폐쇄하는 게 도지사의 중요 선거 공약이기도 했다. 그런데 산업자원부는 폐쇄 계획을 2021년 이후로 잡고 있었다. 이에 관해 청와대 비서실과 협의하기 위해 방문 일정을 세웠다.

2019년 3월 5일이었다. 이날 노영민 비서실장, 김수현 정책실장, 강기정 정무수석을 만나 미세먼지 대책의 하나로 노후 화력발전소 조기 폐쇄에 대해 건의했다. 그런데 우리의 청와대 방문

이전 나흘 동안 미세먼지 상황이 전국적으로 최악이었다. 불만 섞인 여론이 들끓었다. 뜻하지는 않았지만, 우리의 이야기가 강한 설득력를 발휘할 환경이 조성되었다.

우리는 힘주어 말했다.

"미세먼지를 하루아침에 잡을 수는 없지만, 정부가 의지를 보여주고 실행 가능한 대안을 제시해야 한다. 강력한 방안 중 하나가 노후 화력발전소 조기 폐쇄이다. 여기에 대한 실천 의지를 보여주어서 국민을 안심시켜야 한다."

그리고 다음 날 대통령 주재 수석보좌관회의에서 문재인 대통령은 "30년 이상 노후화된 석탄 화력발전소는 조기에 폐쇄하는 방안을 적극 검토하라"는 지시를 내렸다. 우리 지역의 과제가 국가적 과제로 확장 연결된 것이다.

이 지시 이후, 보령 1, 2호기 조기 폐쇄 방안이 급물살을 탔다. 그리고 2019년 11월 1일, 이낙연 국무총리 주재로 열린 제3차 미세먼지특별대책위원회에서 보령 화력 1, 2호기의 2020년 12월 폐지 방침을 확정했다.

일본 경제 보복 피해 기업 조사

일본 정부가 우리나라 대법원의 일제 강제징용 손해배상 사건 배상 판결과 해당 기업의 자산 압류와 매각 명령에 반발해 보복의 움직임을 보였다. 그리고 결국 반도체 소재 3개 품목에 대해 화이트리스트(수출 절차 간소화 우대국 명단)에서 배제하는 조치를 했다. 명백히 부당한 처사였기에 국민적 반일 감정이 높게 일었다.

단기적으로 대상 기업의 피해가 불가피했다. 그런데 충청남도 단위에서는 어떤 기업이 손실을 겪는지, 예상되는 피해 규모는 어떤지를 파악할 수 없었다. 도 차원의 조사가 없었기 때문이다.

자세한 실태 파악이 긴요한 상황에서는 나는 기업 경영을 하던 시절의 네트워크를 총동원하였다. 한국생산성본부 등 관련 기관과 연구소에 연락을 취하여 일본 화이트리스트 배제 조치에 영향을 받는 도내 기업의 명단을 확보하고 예상 피해 규모 등을 파악하여 관련 부서에 전해주었다. 이 자료를 바탕으로 관련 기업과 협의하며 도 단위의 대응책을 세울 수 있었다.

축구종합센터 유치

'대한민국 축구종합센터' 유치를 놓고 전국 지방자치단체 간의 경쟁이 뜨거웠었다. 33만㎡ 규모에 1,000명의 관중을 수용하는 소형 스타디움, 천연·인조 잔디 구장 12면, 풋살 구장 4면, 다목적 체육관·축구과학센터·체력단련실 등과 선수 300명이 동시에 사용할 수 있는 숙소·식당·휴게실, 직원 200여 명이 상주할 수 있는 사무용 건물을 갖출 예정인 이 시설은 '제2의 축구대표

팀 트레이닝센터(NFC)'로 불릴 만큼 중요한 의미가 있다.

2019년 1월 11일까지 유치 신청서를 받았는데, 24개 지자체가 몰렸다. 그런데 충청남도에서 천안과 아산 두 곳이 경쟁을 벌이는 상황이 빚어졌다. 도내 두 도시가 경쟁을 벌인다면 역량이 분산되어 두 곳 모두 불리해지는 상황이었다.

도내에서는 교통 여건이 좋고 부지가 준비되어 유치 가능성이 큰 천안으로 단일화하는 방안이 논의되었다. 이 과정에서 의견을 모으고 방침을 마련할 때 조정과 지원 역할을 맡았었다. 도지사님과 대한축구협회장이 만나는 자리를 마련하는 등 물밑 작업에 힘을 쏟았다.

다행스럽게도 천안은 우선 협상 대상자 1순위에 올랐고 2019년 8월 1일, 대한민국 축구종합센터 유치를 확정했다. 이로 인해 2조 8,000억 원의 생산 유발 효과와 1조 4,000억 원의 부가가치 창출을 기대할 수 있게 되었다. 그리고 예정지인 천안시 서북구 입장면은 도시 발전 과정에서 소외되었던 농촌 지역이다. 축구종합센터 유치를 통해 지역 균형 발전을 도모할 수 있을 것으로 보인다.

억울함을 겪는 사람이 없도록

당진에는 하천을 개간하여 농지를 조성하고 여기서 농사를 지어온 농민들이 있다. 공식적으로는 충청남도가 이 토지의 소유권을 가지고 있지만, 개간한 농민들이 점유하여 경작권을 행사하는 상황이었다. 그런데 공유재산관리법이 개정되어 이 농민들이 난처한 처지에 빠졌다. 1만㎡ 이상의 농지는 공개입찰을 통해서 경작권을 부여하도록 정해졌기 때문이다.

농민들은 억울한 심경을 토로했다. 자갈밭을 일구어 문전옥답으로 만들어 놓았는데, 그곳에서 더는 농사를 짓지 못할 수도 있는 상황을 잘 받아들이지 못했다.

나는 부지를 1만㎡ 이하로 나누어 수의계약하는 게 합리적이라 보았다. 규정에 얽매여 억울한 사람이 나오게 하기보다는 정책적 유연함을 발휘하자는 취지였다. 이 분쟁은 7개월여를 끌었다가 결국 나의 의견대로 정리되었다.

법률과 규정은 모든 것을 다 담을 수 없다. 현실은 이보다 훨씬 더 복잡하다. 이럴 때는 상식과 가치를 중심에 놓고 유연성을 발휘하는 게 효과적이라 본다.

효율성 실현

충청남도의 신도시 건축 규정은 건물마다 자체적인 쓰레기처리장을 설치하도록 되어 있다. 각 건물 쓰레기처리장의 쓰레기를 중앙 집적 시설에서 공기압으로 빨아들여 처리하는 방식이다.

그런데 내포신도시의 교회 한 곳이 이 규정 때문에 허가를 받지 못하고 있었다. 그 교회는 나름의 사정이 있었고 규정에 대한 불만을 토로했다. 교회라는 특성상 일요일에만 집중적으로 쓰레기가 나오며, 건물 규모나 재정 형편을 고려할 때 별도의 쓰레기처리장 설치가 과도하다고 받아들인 것이다. 교회에서 20m 떨어진 곳에 공공기관이 있는데 토요일과 일요일은 쉬었다. 그곳의 쓰레기처리장을 이용하면서 관련 비용을 치르면 좋겠다는 바람을 가지고 있었다.

나는 규정을 엄격하게 적용하기보다는 탄력적으로 운영하여 효율성을 높이는 게 더 낫다고 판단했다. 관련 부서에 민원을 전달하며 내 의견도 제시했다. 결국, 공공기관과 교회가 쓰레기처리장을 공동으로 이용하게 되었다.

점잖은 사람들이
성공하려면

충청남도라는 넓고 따뜻한 품에서

나는 충청남도 특히 천안에 큰 마음의 빚을 졌다. 이곳은 내 삶을 의지할 넓고 따뜻한 품이었다. 늘 고마움을 느끼고 있으며, 힘이 닿는 대로 은혜를 갚고자 노력하고 있다. 충청남도와 천안이 발전하고 주민들이 행복을 느끼는 것은 나의 큰 소망이 되었다. 충청남도가 지리적 위치뿐만 아니라 사회·경제·문화 모든 면에서 대한민국의 중심으로 우뚝 서기를 바란다. 또한 천안이 '하늘 아래 가장 편안한 곳(天安)'이라는 이름 뜻대로 되기를 염원한다.

천안에서 사업을 하면서 그리고 충청남도에서 비서실장으로 일하면서 충남 사람 특유의 기질을 알게 되었다. 점잖고 정직한 성품이다. 그런데 이런 미덕 때문에 손해를 보아야 할 때도 있다. 자신의 진가를 잘 드러내지 못하기 때문이다. 점잖고 정직하기에 '자랑'에 서툴다. 다른 지역이라면 호들갑을 떨며 앞에 내세울 일도 드러내 자랑하기를 꺼린다.

충청남도는 좋은 자원을 많이 가졌다. 자연환경과 문화유산, 역사의 스토리가 풍부하다. 그런데 지금까지 이런 잠재력을 제대로 활용하지 못한 게 사실이다. 자랑에 서툰 기질과 문화가 원인이 되었을 것이다. "구슬이 세 말이라도 꿰어야 보배"라고 한다. 충청남도가 가진 구슬을 꿰는 일이 필요하다. 그것은 지역에 관한 '홍보'요 '마케팅'이다.

고향에 성묘를 다녀오다가 우연히 유네스코 세계문화유산으로 등재된 공주 공산성에 들렀다. 공산성에서 바라보는 금강의 야경은 경탄을 자아내기에 충분했다. 은은한 달빛 아래 흐르는 물줄기에서 우아함이 느껴졌다. 강물 위에 떠 있는 작은 배 한 척이 호젓한 멋을 자아냈다. 그야말로 절경이었다. '여수 밤바다'가 멋지다 하지만 공산성 야경에 비할 바 못 되었다. 하지만 공산성을 찾는 인파는 적었다. 여수 밤바다에 사람이 몰리는 것과는 대조적이다.

이렇게 멋진 곳이 왜 잘 알려지지 않았을까? 거칠게 말하자면 제대로 자랑할 줄 모르고 홍보가 부족했기 때문이다. 앞으로 충청남도는 더 드러내놓고 자랑해야 한다. 쑥스러워할 필요가 없다. 다른 지역 출신으로 충청남도의 진가를 깨달은 나는 충청남도를 자랑하는 데 선두에 서고 싶다.

지조와 절개

충청남도 사람들에게는 선비의 풍모가 느껴진다. 조용하고 기품이 있다. 큰 목소리로 옥신각신하기를 즐기는 영호남 사람들과는 분위기가 다르다. 속마음을 드러내거나 흥분하는 일도 드물다. 희미하게 웃으며 고개를 끄덕일 뿐이다. 은근하고 신비롭다. 예의가 바르며 절개를 지킬 줄 안다. 충청남도에서 독립운동가가 많이 나온 것은 지역적 기질과도 관련이 있는 것 같다.

그런데 이런 기질과 문화가 어떤 측면에서는 변화를 가로막는 요인이 될 때도 있다. 새로운 가치를 받아들일 때 지나치게 신중하고 조심스러워 변화의 속도가 느리다. 일단 판단이 서면 빠르게 행동에 옮기는데, 판단하기까지 시간이 지체된다. 그래서 과거의 관행이나 습관을 바꾸는 일이 쉽지 않다.

비서실장으로 근무하면서 충남도청 공무원 사회에서도 이런 문화가 퍼져 있음을 알게 되었다. 점잖고 신중한 장점이 있는 반면, 과거 전통과 관행에 필요 이상 얽매이는 경향도 있다. 인사에 있어서도 연공서열을 중요하게 다룬다. 여기에는 장점이 있지만, 능력 있는 사람이 빨리 진급할 기회가 드물다는 면에서는 비효율적이다. 열심히 하지 않아도 시간만 흐르면 진급할 수 있다는 믿음을 주는 것은 최악의 결과를 초래할 수도 있다.

나는 지방 정부도 회사 조직처럼 빠르고 유연하며 과감하게 움직일 수 있어야 한다고 생각한다. 조직을 너무 흔들면 안 되겠지만, 안정감을 가진 범위 내에서 때로는 파격적 인사를 해야 한다. 외부 수혈도 필요하다. 정부 부처에서 일하던 사람들, 다른 지자체에서 일하던 사람도 가능한 한 많이 받아들여서 조직에 새로움을 더해야 한다.

충청남도의 기질적·문화적 장점이 혁신의 장해물이 되어서는 안 된다고 본다. 충청남도 특유의 기품에 변화를 즐기는 혁신적 성향이 더해진다면 강력한 추진력이 생길 것이다.

충청남도를 사랑하며 그 강점을 잘 알고 보완할 점을 느껴온 것을 바탕으로 충청남도가 따뜻하고 품위 있는 혁신을 이루는 데 견인차가 되고 싶다.

큰 인물, 양승조

신비한 인연

지연, 학연, 혈연 등 아무리 따져보아도 연결고리라곤 찾을 수 없는 양승조 도지사님과 정치적으로 같은 배에 올라탄 것이 인생의 신비처럼 느껴진다.

그는 내가 사는 지역의 국회의원이었다. 그것이 전부였다. 보기 드물게 좋은 정치인이라 생각해서 소극적으로 지지하고 후원했다. 시간이 흐르며 성원하는 정도가 아주 조금씩 늘었을 뿐이다. 양승조 지사님은 국회의원 시절, 시의 환경 용역을 담당하는 노동자들이 근무하는 우리 회사에 이따금 들르곤 했다. 그렇다고 해서 나와 개인적인 친분이 깊어지지는 않았다.

양승조 지사님이 4선 국회의원에 도전할 때 선거대책위원장을 맡았었다. 하지만 10명도 더 되는 공동 선거대책위원장 중의 한 사람일 뿐 주도적인 역할을 하지는 않았다.

양승조 지사님이 도지사 후보로 당내 경선과 지방선거를 치르는 동안 캠프에서 보좌하며 인간적으로 가까워졌다. 그리고 그의 진면목에 점점 눈뜨게 되었다. 예전부터 좋은 정치인이라고 여겼지만, 그보다 훨씬 이상이었다.

인간 양승조

양 지사님의 숭고한 인품은 그가 다른 사람을 대할 때 잘 드러난다. 상대방의 지위가 높든 낮든, 부유하든 가난하든, 자신과 이해관계가 밀접하든 그렇지 않든, 만나는 한 사람 한 사람을 존중하며 최선을 다해 성실하게 대한다. 그 사람의 존엄성만으로 기꺼이 머리를 숙일 줄 안다.

자신과 다른 의견을 가진 사람이나 정치적 반대자에 대해서도 마찬가지다. 반감이나 적개심을 드러내는 소인배의 모습을 찾아볼 수 없다. 진심으로 그 이야기에 귀를 기울이고 포용할 줄 안다.

양승조 지사님의 성실함은 다른 사람에게 두려운 생각이 들게 할 정도이다. 책임감에서 우러난 초인적인 정신력과 체력이 이런 태도를 뒷받침한다. 그 전날 모임에서 100여 잔의 술을 호기롭게 마시고도 다음날 한 치의 흐트러짐 없이 출근해서 업무를 이어간다.

그는 큰 비전과 목표를 향해 대담하게 나아가면서도 세세한 부분을 꼼꼼히 챙긴다. 도정에 대한 열정과 관심이 남다르기 때문이다. 실무진이 작성한 보고서 한 장도 허투루 넘기지 않는다. 그에게 대충 해도 되는 일이란 없다.

그는 항상 공부하는 사람이다. 현안에 관한 보고서를 몇 상자씩 갖다 주어도 하나하나 세밀히 검토하고 소화한다. 작성한 사람이 놀랄 정도로 깊이 이해하고 대안을 고민한다. 타고난 두뇌가 뛰어난 이유도 있겠지만, 대상에 대한 깊은 애정이 지력을 더하는 것 같다. 유홍준 전 문화재청장의 유명한 책 『나의 문화유산 답사기』에 나오는 "사랑하면 알게 되고 알게 되면 보이나니, 그때 보이는 것은 전과 같지 않으리라"는 구절이 그에게 잘 들어맞는다.

탁월한 역량을 지녔음에도 그는 스스로 낮출 줄 아는 인물이다. 겸손함을 잃지 않는다. 지역 어르신 중에는 양 지사님의 예의 바르고 깍듯함에 매료된 사람들이 꽤 많다. 또한 정이 많고 따뜻하다. 인간적이고 자상하다. 나는 때로 그 부분이 불만스럽기도 했다. 지도자는 매정해야 할 때가 있는데, 그때를 잘 참아

최근에 목표 하나가 더 생겼다. 양승조 지사님이 더 큰 정치를 하도록 돕는 것이다. 그는 이 시대에 꼭 필요한 지도자이다.

넘기지 못하는 것처럼 보였다. 하지만 그것은 나의 기우였다. 원칙 앞에서 흔들리지 않는 선비적 지조가 견고하기 때문이다. 그래서 청렴하고 정직하며 흠결을 찾기 어렵다.

탁월한 도정

양승조 지사님은 이 시대의 근본적 위기와 과제를 읽고 비전을 제시하는 탁월한 리더십을 갖추었다. 그는 저출산·고령화·양극화를 우리 사회가 당면한 3대 위기로 보고 여기에 대응하는 선도적 정책 모델을 만들었다.

청정하고 안전한 충남, 아이 키우기 좋은 충남, 더불어 사는 충남, 어르신이 행복한 충남, 일자리가 늘어나는 충남, 환황해권 시대를 주도하는 충남, 농축수산업이 발전하는 충남, 여성이 행복한 충남, 여유와 활기가 넘치는 충남, 청년이 살기 좋은 충남, 충남 15개 시군 균형 발전 등을 도정 목표로 삼았다.

구체적으로 몇 가지만 보면, 0~12개월 아이를 대상으로 정부 아동수당에 덧붙여 충남 아기수당을 만들어 지급하고 있다. 공무원은 관련 법을 개정해야 하기에 시행하지 못했지만, 산하 공공기관의 임직원 중 8세 미만의 자녀를 둔 사람은 1시간 늦게 출근하고 1시간 일찍 퇴근하도록 출퇴근 시간을 배려했다. 도지사 공관을 도민에게 돌려주는 방안을 고민하다가, 이곳에 24시간 아이 돌봄 센터를 설립하여 운영 중이다. 이는 저출산 문제 해결에 충청남도가 얼마나 큰 관심을 두었는지를 보여주는 상징적 실천이다.

전국 최초로 고등학교 무상 교육을 도입했으며 청년 행복주택을 마련하여 낮은 임대료로 쾌적한 주거를 누리도록 돕고 있다. 여기에 입주한 사람이 아이를 낳으면 월 임대료가 절반으로 줄고 2명을 낳으면 아예 임대료가 없다. 청년들이 경제적 어려움, 특히 주거의 어려움으로 출산을 포기하는 현상을 줄이고자 노력한 조치이다.

저출산·고령화·양극화는 우리 사회를 어둡게 만든 근본적 위기이다. 한 도가 노력한다고 쉽게 극복되지 않는다. 그러나 충청남도와 양승조 지사는 어려움을 핑계로 손을 놓고 있지 않다. 담대한 목표와 세심한 정책의 시행을 통해 해결의 실마리를 잡아가고 있다.

더 큰 정치인으로 성장하길

나는 정치를 통해 이 나라와 우리 지역을 더 행복한 곳으로 바꾸겠다는 꿈을 꾸어왔다. 그리고 최근에 목표 하나가 더 생겼다. 양승조 지사님이 더 큰 정치를 하도록 돕는 것이다. 그는 이 시대에 꼭 필요한 지도자이다. 그가 양심적이며 똑똑하고 부지

런한 사람이기 때문만은 아니다. 찾아보면 그런 강점을 지닌 사람은 많다. 양승조 지사님은 인간적 장점에 더하여 이 시대를 끌고 나갈 통찰력과 리더십을 갖추었다.

그는 우리 사회의 위기와 과제, 미래 국가의 경쟁력에 대해 깊은 통찰과 안목을 지녔다. 이것을 어떻게 풀어갈지에 대한 대안을 가지고 있다. 또한 그의 인간적 자질은 우리 시대에 적합한 리더십 유형이다. 앞으로 강력한 카리스마보다는 온화한 지도력이 더욱 긴요해질 것이다. 따뜻하고 포용적으로 사람을 대하는 태도, 이념이나 정치적 견해를 떠나서 상대방을 존중하는 자세는 사람을 사랑하는 마음이 바탕을 이룬 가운데 자연스럽게 우러난 것이다.

양승조 지사님의 정치적 성장에 힘을 보태는 것을 나의 중요한 과제로 받아들이고 노력을 아끼지 않을 것이다.

2장

인생의 품

어린 나무꾼

때때로 삶의 무게에 눌려 질식할 듯 버거운 순간이 찾아온다. 그럴 때면 잠잠히 눈을 감고 내면의 여행을 떠난다. 그리고 열한 살 소년을 만난다. 형에게 물려받은 헤지고 헐거운 옷을 입은 소년은 큰 지게를 짊어지고 있다. 고무신을 신은 발은 가는 새끼줄로 칭칭 감았다. 눈길에 미끄러지지 않으려고 그랬다. 지게를 짊어진 어깨에서 고단함이 느껴진다. 그러나 소년은 웃고 있다. 밝은 햇살을 한껏 받으며 맑은 공기를 크게 들이킨다. 소년은 병약한 어머니의 희미한 웃음에서 행복을 느낀다. 소년은 가난했지만, 자신이 포근한 품속에 있음을 알았다.

땔감을 가득 쌓아놓고 떠나야지

국민학교 4학년에서 5학년 올라가던 무렵에 아버지가 돌아가셨다. 아버지를 여읜 슬픔도 컸지만, 내 자리에 대한 책임감이 무겁게 다가왔다. 돈 벌러 객지로 떠난 형들 대신 병약한 어머니와 동생들을 챙겨야 한다는 생각만이 머릿속을 가득 메웠다.

그 시절 가난한 집안의 소년들은 모두가 어린 농부였다. 소를 먹이는 목동이었으며 산에서 땔감을 마련해오는 나무꾼이었다. 나도 그랬다. 아버지가 돌아가신 후에는 유독 나무를 해오는 데 신경을 썼다. 이 집을 곧 떠나야 한다는 생각 때문이었다.

6학년 때는 설을 쇠고 나면 형들을 따라서 서울에 돈 벌러 떠날 계획이었다. 없는 형편에 입을 하나 덜고 작으나마 집에 생활비를 보탤 수 있기에 당연히 그렇게 해야 한다고 생각했다. 이 계획이 머리에 들어온 후에는 내가 집을 떠나고 난 후 땔감이 걱정이었다. 땔감이 부족한 탓에 덜 마른 나무로 아궁이에 불을 피웠다가 어머니가 콜록거리며 고통스러워하던 장면이 머릿속을 떠나지 않았다.

그래서 내가 추석에 집에 올 때까지 쓸 수 있을 만큼 넉넉하게 땔감을 마련해두자고 결심했다. 짬만 나면 나무를 한 짐씩 지고 와 집 구석구석에 쌓아두었다. 나뭇짐의 높이가 점점 더 높아졌다.

하루는 낫으로 나무를 베다가 낫이 헛돌아서 무릎을 찍었다. 살이 찢어져 벌어진 사이로 하얀 뼈가 보였다. 하지만 핏줄이 지나가지 않는 부위라 피는 많이 나지 않았다. 그날도 절룩거리며 지게 한가득 나무를 해왔다. 집에 돌아와 소독약을 바른 후에 흰 가루약을 뿌리고 붕대를 감았다. 다행히 후유증 없이 살이 잘 붙었다. 지금도 그 흉터가 남아 있다.

겨울에 나무를 하러 가면 눈길에 미끄러지기 일쑤였다. 고무신을 신었기에 더 미끄러웠다. 넘어지면 지게에 애써 쌓은 나뭇단이 다 헝클어져 일이 커졌다. 나는 미끄러지지 않기 위해 고무신을 신은 발을 가는 새끼줄로 휘감고 다녔다. 천연 아이젠을 고안할 만큼 땔감을 쌓아두는 데 집요하게 매달렸다.

국민학교 졸업이 얼마 남지 않았을 무렵이다. 그날도 지게에 나무를 한 짐 지고 내려오는데, 친구가 나를 불렀다. 담임선생님이 나를 찾는다고 했다. 나는 집에 지게를 내려두고 학교로 갔다.

"너, 왜 중학교 안 가?"

담임선생님이 야단치듯 물었다. 그때 나는 중학교 진학 서류를 내지 않았었는데 1차 모집이 끝난 상황이었다.

"저는 돈 벌러 서울 갈 겁니다."

생각하던 그대로 내뱉었다.

"이노무 시키, 안 되겠군. 어머니를 뵈어야겠네. 앞장서!"

담임선생님이 벌떡 일어섰다.

우리 집으로 온 담임선생님은 "진석이가 공부도 곧잘 하는데, 어렵더라도 중학교는 보내셔야죠"라고 말하며 어머니를 설득했다. 그때만 해도 어머니는 아들을 꼭 중학교에 보내야 한다는 개념이 없었던 것 같다. 하지만 담임선생님의 이야기를 들은 후 나를 중학교에 보내기로 결심하셨다. 이런 곡절을 거치고 친척 어른에게 등록금을 빌려서 2차 모집으로 중학교에 다니게 되었다.

농사가 주업

중학생이 되었다고 일이 줄어든 건 아니었다. 오히려 나이가 든 만큼 할 수 있는 농사일 가짓수가 더 늘었다. 벼농사, 누에치기, 소와 돼지 키우기, 나무하기 등 한 사람의 장정 노릇을 해야 했다.

우리 집에는 다섯 마지기쯤의 논이 있었다. 작은 규모이지만, 중학생인 내가 감당하기에는 호락호락하지 않았다. 벼농사는 볍씨를 뿌린 못자리에 모가 **빽빽**하게 자랄 무렵 피를 솎아내는 일로 시작되었다. 피는 모와 비슷하게 생겨서 구별하기 어렵다. 하지만 동틀 때 햇빛을 받으면 색깔이 달리 보인다. 피가 더 짙은 녹색이다. 이 틈을 타서 피사리를 할 수 있었다. 피사리를 위해

아침 일찍 일어나는 건 여간 고역이 아니었다.

못자리에 볍씨를 뿌리고 한 달쯤 지나면 모내기를 했다. 모내기는 가을걷이와 함께 벼농사의 핵심을 이룬다. 모내기 철이면 농촌 학교들은 임시 방학을 했다. 이웃과 친척 어른들이 우리 논 모내기를 도와주었다. 물론 품앗이를 위해 나도 그 어른들의 모내기를 도와야 했다. 또래 아이들은 못줄을 잡거나 새참 심부름을 하는 정도였는데, 나는 팔다리를 걷고 논에 들어가 모를 심었다. 5월의 뜨거운 햇볕을 등 가득히 받으며 수그려 모를 심다 보면 허리가 끊어질 듯 아팠다.

모내기가 끝나면 김매기를 했다. 논에서 자라난 잡초를 뽑아내고 벼 포기 사이에 굳은 흙을 부수는 일이다. 모내기처럼 허리를 숙이고 하는 일이라 몹시 힘이 든다. 종아리에 거머리가 달라붙어 피를 빨아대는 것도 짜증스러웠다. 이렇게 두세 차례 김매기를 했다.

김매기가 끝나고 가을걷이 전에는 피사리를 했다. 말복이 지나면 벼와 피의 모양은 한눈에 보아도 다르다. 벼 포기 사이를 헤치며 피를 뽑아내는데, 피가 뿌리를 단단하게 내려서 안간힘을 써야만 피 포기가 뽑혀 나왔다. 이 힘든 일들을 모두 치러야 결실의 기쁨을 맛볼 수 있었다.

나는 어릴 적부터 소와 돼지에 대한 강력한 이미지가 생겼다.

엄청나게 먹어대는 짐승들이다. 강둑의 풀밭으로 소를 먹이러 가기도 하고 꼴을 베어와서 먹이기도 했다. 그런데 망태 가득 꼴을 베어와도 순식간에 먹어치웠다. 아무 생각 없이 잘 먹는 소가 야속하게 느껴지기도 했다. 이웃에서 음식물 찌꺼기를 얻어와 돼지를 먹이는 데도 품이 많이 들어갔다. 돼지우리에서 악취가 나지 않게 자주 청소를 해줘야 한다. 때로는 엄청난 무게와 힘으로 덤비거나 버티는 돼지를 상대하느라 진땀을 흘려야 했다.

누에도 쳤다. 봄가을에 뽕잎을 따서 먹였다. 어린 누에는 연한 뽕잎을 잘게 썰어서 주고 큰 누에는 가지 채로 주면 된다. 봄에는 뽕나무에 오디가 열리는데 이것을 따먹었다가 며칠씩 입 주위가 벌건 채로 다니곤 했다. 누에도 엄청나게 먹어댄다. 뽕잎 갉아 먹는 소리도 꽤 요란하다. 잘 먹고 자란 누에는 실을 토해내 고치를 만든다.

누에치기는 힘든 일이었다. 봄가을 농사철과 겹쳐서 일과를 더 고단하게 했다. 학교에서 돌아와 오후에 논에 갔다가 저녁에 뽕잎을 따는 식이었다. 그리고 좁은 방안에서 누에를 키웠기에 누에 똥 냄새를 맡고 뽕잎 갉아 먹는 소리를 들으며 지낼 수밖에 없다. 누에를 옷에 붙인 채로 학교에 간 적도 여러 번이었다. 하지만 벌이는 그리 좋지 않았다. 누에고치를 팔아 적으나마 현금을 챙기는 것으로 만족하곤 했다.

그 시절 학교에서는 수업료나 육성회비를 늦게 내는 아이들을 호되게 야단쳤다. 교실에서 이름을 불러가며 공개적으로 망신을 주기도 하고 더 늦어지면 교무실에 불러 질책했다. 언제까지 낼 것이냐고 채근하는 게 꼭 악덕 사채꾼처럼 느껴졌다.

그럴 때면 나는 이렇게 대꾸하곤 했다. "지금은 돈이 없습니다. 누에고치 팔고 난 후에 내겠습니다."

학교 앞에 우리 논이 있었다. 논에서 김매기나 피사리를 하다가 학교 운동장 쪽을 보면 걱정 없이 뛰어노는 아이들이 보였다. 오후 내내 공을 차며 놀다가 저녁 먹을 시간에 맞추어 집으로 돌아갔다. 그 아이들이 그렇게 부러울 수 없었다.

일하느라 하루하루가 빠듯했지만, 시험 기간이면 책을 펼쳐 공부했다. 고등학교에 갈 형편도 되지 않았고 가고 싶다는 생각도 없었는데 왜 그랬는지는 모르겠다. 아마도 가난해서 농사짓느라 뒤처졌다는 이야기를 듣기 싫었는지도 모르겠다.

논에서, 돼지우리에서, 누에가 가득한 방에서 사춘기의 감성을 느낄 겨를도 없이 중학교 시절이 지나갔다.

목숨 걸고 일하기

직업훈련원

중학교를 졸업하고 광주에 있는 직업훈련원에 갔다. 고등학교에 진학하겠다는 생각은 해본 적도 없었다. 중학교에 다닐 수 있었던 것도 어찌 보면 행운이었다. 빨리 기술을 배워서 공장에 취직하여 돈을 버는 게 내가 꿈꿀 수 있는 최고의 미래였다.

직업훈련원은 1년 과정이었다. 이 과정을 마치고 기능사 자격증을 따면 공고 졸업생과 엇비슷한 대우를 해준다고 했다. 수업료가 공짜인 데다 약간의 비용만 내면 기숙사에서 먹고 자는 게 해결되는 점도 마음에 들었다.

직업훈련원은 학교라기보다는 군대에 가까웠다. 훈련원장은 퇴역 장성이었고 기숙사 사감도 대위 출신이었다. 6시에 일어나 기상 점호를 받고 구보하는 것으로 하루가 시작되었다. 일과 내내 삼엄한 통제가 따랐다. 작은 실수라도 있으면 어김없이 체벌이나 얼차려가 가해졌다. 숨 막힐 것 같은 하루가 끝나면 밤 9시에 취침 점호를 받았다.

때때로 비상 집합을 했다. 지금 돌이켜보면 딱히 그럴 만한 이유도 없는데 긴장의 끈을 조이려고 일부러 처벌 거리를 만들었던 것 같다. '깍지 끼고 엎드려 받쳐'가 단골 얼차려였다. 그렇게 십여 분이 지나면 손에 통증이 오고 어깨와 허리, 종아리까지 쑤셨다. 겨울이면 깍지를 낀 손이 얼어붙어 손이 빠지지 않았다. 더운물로 녹여야 겨우 풀리곤 했다.

밤이면 엄마 생각, 고향 생각에 눈물이 흘렀다. 많이 울었다. 산만 한 나뭇짐을 지고 다니고 사시사철 농사일로 단련되었다고 하지만, 나도 어쩔 수 없는 어린애였다.

한 달에 한 번씩 주말에 외박을 보내주었다. 고향에 가면 광주에서 명문 인문계 고등학교에 다니던 아이들도 집에 와 있었다. 그 아이들을 보면서 내 처지가 창피하게 느껴졌다. 열등감도 생겼다. 하지만 그 열등감이 더 열심히 살아야겠다는 삶의 동력이 되었다. 그런 감정이 없었다면 모진 고생을 견디기 어려웠을지도 모른다.

죽음의 공포

무사히 직업훈련원 과정을 마치고 전기기능사 2급과 전기기기 기능사 2급 자격증을 땄다. 그리고 직업훈련원의 추천으로 서울 구로공단에 있는 회사에 취업했다. 미싱에 들어가는 모터를 만드는 공장이었다.

첫 직장생활은 그런대로 괜찮았다. 근로시간이 길고 고단한 일상이었지만, 직업훈련원 시절과 같은 군대식 통제가 없어서 한결 수월했다. 적으나마 월급을 받는 기쁨도 컸다. 큰형 집에서 지내며 출퇴근했기에 제법 생활의 안정감도 있었다.

그 회사에서 3개월여를 근무했을 때였다. 나는 제작된 모터의 불량 여부를 검사하는 업무를 맡았다. 모터 안에는 코일을 감은 코어가 들어 있는데 그 양쪽 끝에 전기를 연결한 후에 순간적으로 3만 3,000볼트 전압을 가하는 방식으로 검사했다. 이때 불꽃이 튀면 절연이 잘되지 않은 불량품이었다. 그 코어 코일은 에나멜 염료로 다시 코팅했다.

그런데 하루는 검사 과정에서 철심에 손이 닿았다. 순간적으로 엄청난 전압을 느끼면서 몸이 튕겨 나갔다. 뒤로 벌렁 나자빠졌다. 머릿속이 아득했다. 전류가 흐르지는 않아서 감전은 되지 않았지만, 극한의 공포심으로 등줄기에 식은땀이 줄줄 흘렀다.

그날 밤 고민으로 잠을 이루지 못했다. 기술을 배워 돈을 벌면

된다는 막연한 생각만 가지고 뛰어들었지만, 부닥친 현실은 공포 그 자체였다.

'어느 날 갑자기 공장에서 죽을 수도 있겠구나!'

고생만 하다가 허무하게 세상을 하직하고 싶지는 않았다. 문득 광주에서 인문계 고등학교에 다니는 친구들의 얼굴이 떠올랐다.

'그 애들은 이렇게 살지는 않을 텐데.'

우리 회사 임원들도 마찬가지였다. 그들은 대학을 졸업한 엘리트라는 이유로 더 편하고 안전하게 일하면서도 더 많은 월급을 받고 있었다.

'고등학교에 가야지. 고등학교를 졸업하고 대학에도 가야겠다. 언제 어떻게 죽을지도 모르는 공장을 떠나서 더 크고 넓은 세상으로 가야겠다.'

결심이 섰을 때는 아침 햇살을 받은 유리창이 환하게 밝아오고 있었다.

안전한 직장 만들기

사고가 난 이후 40년 넘는 세월이 흘렀지만, 그날의 공포는 아직도 생생하다. 아직 어렸기에 두려움이 더 컸을 터이다. 검사 장비나 방법이 좀 더 안전했더라면 일터에서 죽음의 공포까지는 느끼지 않았을 것이다.

하지만 작업장 안전 문제는 그때는 그랬노라고 넘어갈 일이 아니다. 노동 환경이 나아지고 기술이 발전한 지금도 산업재해가 빈번하게 일어나기 때문이다.

2016년 5월 28일, 서울시 지하철 2호선 구의역 내선 순환 승강장에서 스크린도어를 혼자 수리하던 스무 살의 외주 업체 노동자가 열차에 치여 아까운 목숨을 잃었다. 2018년 12월 10일 한밤중, 태안화력발전소에서는 20대 초반의 비정규직 노동자 김용균 씨가 석탄 이송 컨베이어벨트에서 기계에 끼어 짧은 생애를 마감해야 했다. 이 두 젊은이는 회사가 안전 규정을 지키지 않아 위험한 환경에 노출되었다. 외줄 타기를 하듯 언제든 일어날 수 있는 사고의 위험을 짊어지고 열악한 노동을 해왔던 것이다.

2018년 한 해 동안 산업재해 사고로 971명이 소중한 목숨을 잃었다. 같은 기간 산업재해 질병으로 사망한 사람도 1,171명이나 된다. 한 해 동안 2,142명의 고귀한 생명이 산업재해로 사라지는 것이 세계 10위권의 경제 대국이라는 대한민국의 실상이다.

김용균 씨 사고 이후 산업안전보건법 개정안이 국회를 통과했고 2019년 1월부터 시행되었다. 하지만 유예와 예외 조항으로 누더기가 된 이 법이 산업재해를 얼마나 막을 수 있을지 의심스럽다.

나는 규제를 싫어하고 실용적인 사고를 선호하는 기업가 출신이지만, 안전한 작업 환경 조성에 대해서는 엄격한 규제가 필요하다고 생각한다. 회사를 경영할 때도 직원의 안전에 높은 우선순위를 두었다.

죽음의 공포를 느끼며 일할 수는 없다. 안전하지 못한 작업 환경은 기업과 노동시장 양극화의 상징이다. 누군가는 안정되고 안전한 직장에서 많은 돈을 벌면서 편하게 일하고, 그런 기회를 잡지 못한 또 다른 누군가는 언제든 다치거나 목숨을 잃을 수 있는 위험하고 열악한 환경을 감내해야 한다면 이런 사회는 지속 가능한 발전을 이룰 수 없다.

2019년 11월 21일 《경향신문》은 1면은 충격적이었다. "오늘도 3명이 퇴근하지 못했다"는 헤드라인을 가운데 배치하고 2018년 1월 1일부터 2019년 9월 말까지 고용노동부에 보고된 중대 재해 중 주요 5대 사고로 사망한 노동자 1,200명의 이름으로 지면을 채웠다.

이 신문 지면을 보며 착잡한 마음이었다. 40여 년 전 그때의 사고가 떠올랐다. '내가 사고 이후 계속 작업장에 남았다면 어떻게 되었을까? 지금까지 살아 있을 수는 있을까?' 스스로 아픈 질문을 던져보았다.

오늘도 3명이

일러스트 ┃ 성진희 기자

퇴근하지 못했다

안전한 직장 만들기야말로 우리 사회가 반드시 넘어서야 할 장벽이며 정치권이 사활을 걸고 해결해야 할 과제이다. 이 일에 내 힘을 보태고 싶다.

형님 같은 친구

철물점 사장

회사를 그만두고 큰형과 진로를 의논했다. 형은 "잘 생각했다"며 나를 응원해주었다. 그 무렵 큰형은 서울에서 어렵게 자리를 잡았다. 잘사는 정도는 아니고 겨우 굶지 않는 형편이었다. 책임감이 강한 형은 동생들을 불러모았다. 어머니도 전답을 다 팔아서 서울로 오셨다. 나 하나 정도 고등학교 공부는 시킬 수 있겠다는 게 형의 판단이었다.

그런데 막상 회사를 그만두고 나와서 공부만 하려니 마음이 심란했다. 어린 나이었지만 손에서 일을 놓은 기억이 전혀 없었다. 내 밥벌이라도 할 수 있어야 공부가 더 잘될 것 같았다. 운이 좋아 더 많은 돈을 번다면 마음 편히 고등학교에 다닐 밑천을 마련할 수도 있을 것이라는 희망도 생겼다.

나는 큰형에게 철물점을 차려달라고 했다. 완전히 뚱딴지같은 생각은 아니었다. 그때가 1979년이었는데 서울에는 건설 붐이 거세게 일었다. 각종 건축 자재는 물건이 없어서 못 파는 호황이었다. 큰형도 건설 관련 일을 하고 있어서 이 상황을 잘 알았다.

나는 큰형의 도움으로 천호동에 철물점을 열었다. 열일곱 나이에 사장이 된 것이다. 이름은 철물점이지만 건축 자재 판매가 주업이었다. 건설 현장의 주문을 받아서 시멘트나 PVC를 짐자전거로 배달했다. 현금으로 거래했고 대리점에 물건값을 치르고도 열 개 팔면 하나 값은 남았기에 이윤이 쏠쏠했다.

철물점 일을 마치고 집에 돌아오면 그때부터 공부에 열중했다. 1년 넘게 책을 펴지 않았던 탓에 공부할 게 많았다. 그 당시 서울 지역의 고등학교는 평준화였는데, 나는 막연하게나마 시험을 치르고 들어가는 고등학교가 더 나을 것 같다는 생각이 들었다. 그래서 비평준화 지역인 성남의 풍생고등학교를 목표로 삼았다. 집이 송파구 방이동이어서 지리적으로 가까운 점도 이유가 되었다.

나는 계획한 대로 풍생고등학교에 합격하여 입학했고, 철물점은 다른 사람에게 팔았다. 짭짤한 돈벌이를 포기하는 게 아까웠지만, 내가 선택한 새로운 진로는 공부였기에 주저하지 않았다.

리더십을 키우며

나는 다른 학생들보다 한 살이 더 많았다. 직업훈련원을 거쳐 짧은 직장생활을 끝내고 철물점을 하는 동안 2년이 흘렀다. 그래서 두 살 더 많아야 하는데 국민학교를 한 해 일찍 들어간 덕에 한 살 차이로 좁힐 수 있었다.

몸과 마음이 한창 자라는 고등학교 시절에 한 살 차이는 제법 간격이 크다. 더욱이 나는 다양한 경험을 거친 상태였다. 무난하게 중학교를 지나 고등학교에 진학한 학생들보다는 훨씬 성숙했다. 그래서 형 같은 친구가 되었다.

어렵게 들어온 고등학교인 만큼 학교생활을 열심히 했다. 여전히 집안 형편이 좋지 않았지만, 학교에서만큼은 구김살 없이 지냈다. 공부도 잘했고 리더십을 인정받았다. 같은 반 친구들의 투표로 반장을 맡고 학도호국단 대대장도 했다.

2학년 때 반장이었는데, 학교에서 학급 단위로 환경 미화 대회를 열었다. 낡고 지저분한 건물을 정비하려는 고육책이었을 것이다. 그때 대상을 받으면 학급 전원에게 대학노트 한 권씩을 상품으로 준다고 했다. 당시 대학노트 한 권 값은 50원이었다.

그때 반 친구들을 설득했다. "우리가 30원씩 걷으면 교실에 깨끗하게 페인트칠을 할 수 있다. 그러면 1등은 떼 놓은 당상이다. 더 쾌적한 환경에서 공부하고 노트 한 권도 생기니 이득이 크다." 반 친구들은 내 말을 들어주었다.

아이들에게 걷은 돈으로 페인트, 붓, 롤러를 샀다. 그리고 토요일 수업이 끝난 후에 여섯 명이 작업을 시작했다. 책걸상을 모두 밖에 빼놓고 바닥에 신문지를 깔고는 천장과 벽, 바닥을 칠했다. 교실 페인트칠은 생각한 것보다 시간이 오래 걸렸다. 밤을 꼬박 새우고 일요일 아침이 되어서야 끝이 보였다.

그때 교감 선생님이 학교를 둘러보러 왔다가 우리를 발견했다.

"너희들 뭐 하는 거냐?"

"교실 환경 미화를 위해 페인트칠을 하고 있습니다."

"너희들이 밤새 다 칠한 거냐?"

"예."

월요일이 되어 학생들과 선생님들은 몰라보게 말끔해진 교실을 보고 깜짝 놀랐다. 당연히 환경 미화 대상은 우리 반 차지였다. 모두가 노트 한 권씩을 챙기고 횡재한 듯 좋아했었다. 조회 시간에 상을 주었는데 그때 교감 선생님이 우리를 단상에 올라오라고 해서는 "이렇게 훌륭한 학생들이 있어 감동을 받았다"고 칭찬했던 기억이 난다.

어린 시절부터 열심히 해온 일에 대한 경험과 자신감, 철물점을 하며 체득한 계산, 약간의 승부욕이 어우러져 이런 엉뚱한 도전에 나서게 되었을 것이다.

진로에 대해서도 진지하게 생각했다. 그때 선생님 한 분이 권해주어서 《신동아》 잡지를 탐독했다. 그 시절 《신동아》는 지금과는 논조가 크게 달랐다. 독재에 맞서는 당당하고 용기 있는 매체였다. 나는 한국 사회 현실에 조금씩 눈뜨며 정치가가 되고 싶다는 꿈을 키웠다. 정치외교학과에 진학하겠다는 목표도 세웠다. 정치학을 공부한 것과 정치를 하는 것은 별 관련이 없다는 것을 나중에 알았지만 말이다.

늙다리 대학생

땅굴을 찾아서

고등학교를 졸업하던 해 대학입시에 낙방했다. 재수 끝에 중앙대학교 정치외교학과에 입학했다. 같은 학년보다 두 살이나 더 위였다.

풋풋한 신입생으로 캠퍼스의 젊음을 즐길 틈도 없이 입대 영장을 받아들었다. 그 당시 법률은 2년 이상 늦게 대학에 입학한 학생에게 입영 연기를 허락하지 않았다. 하는 수 없이 입학한 지 2개월여가 지나서 머리를 짧게 깎고 입영 열차에 올랐다.

최전방 1사단의 '청음대(聽音隊)'라는 특이한 이름의 부대에 배치되었다. 전방 보병사단에는 소대급 병력을 떼어내 땅굴을 찾는 임무를 부여했었다. 이 부대는 땅굴이 지나가기에 적합해 보이는 지역이나 의심 징후가 보이는 곳을 집중적으로 탐지하는 역할을 했다. 우리 청음대 소대장은 땅굴을 발견하여 을지무공훈장을 받고 중사에서 상사로 1등급 특진한 전설적인 인물이었다.

탐지할 곳 지하에 가는 관을 박고 거기에 물을 넣었다. 수위 측정을 해서 물이 천천히 빠지면 정상이고 순식간에 사라지면 이상이 있다고 보았다. 야간에는 탐지기를 설치해서 굴착음이 나는지를 자세히 청취했다. 이런 이유로 '소리를 듣는 부대'라는 뜻의 부대 이름이 붙었다고 한다.

자대 배치 후 28개월 동안 땅굴을 찾아다녔지만, 그 비슷한 것도 발견하지 못했다. 군 생활에 대해 또렷이 기억에 남은 것은 지독한 구타이다. 서로 아끼고 보살펴 주어도 힘든 군대 생활을 하면서 왜 그리 맞고 때리고 했는지…. 구시대가 남긴 악습이었다.

분대 단위로 4명씩 파견을 나가서 생활한 적이 있다. 두 고참이 나와 내 바로 위 고참을 부려먹는 구조였다. 밤마다 라면을 끓여서 바쳐야 했다. 군대에 보급되는 라면은 맛이 없다고 해서, 어렵게 사제 라면을 구해서 끓였다. 한번은 두 고참이 라면이 퍼지고 맛이 없어 안 먹겠다고 했다. 나와 내 위 고참은 '이게 웬 떡이냐' 하며 남긴 라면을 맛있게 먹어치웠다. 그러자 둘이 맛있게 먹는 모습이 고참을 놀리는 것 같다며 마구 두들겨 팼다. 라면을 먹다 말고 영문도 모른 채 얻어터지는 게 몹시 서러웠다.

한번은 버릇없이 대든다며 내 고참뿐만 아니라 다른 분대 고참들까지 떼를 지어 찾아와 심하게 때렸다. 소총 개머리판으로 가슴팍을 때렸는데, 그때 신경이나 근육을 다쳤는지 지금도 궂은 날이면 가슴팍이 욱신거리곤 한다.

민주화 열기

30개월의 군대 생활을 마치고 그다음 해에 복학했다. 말만 복학이지 1학년 1학기부터 시작했으니 신입생이나 마찬가지였다. 원래 2년이 늦었는데 3년 휴학했으니 다른 신입생들보다 다섯 살이나 많았다. 졸지에 늙다리 대학생이 되었다.

그 무렵의 대학은 민주화운동 기지였다. 연일 집회와 시위가 열렸고 뿌연 최루탄 연기가 날리지 않는 날이 없었다. 수많은 학생이 민주화운동에 투신했고, 그렇지 않은 학생들도 마음으로 동조하며 미안해하는 분위기였다.

나도 이런 흐름에 동참했지만, '운동권' 그룹에 속하기에는 어중간한 데가 있었다. 운동을 이끄는 고학년 학생들은 모두 나보다 나이가 어린 후배였다. 늙다리 복학생을 다루기가 부담스러웠을 것이다. 그래서인지 예비역 학생 중 운동에 열성적으로 참

6월 10일, 시위를 벌이던 학생, 시민, 노동자 등 800여 명이 명동성당으로 모여들었다.
그 무리 속에 나도 있었다

여하는 사람은 거의 없었다. 그래도 나는 학교 안팎의 시위에 열심히 참여했고, 후배들과 사회과학 도서를 읽고 토론하는 학습 소모임을 이어나갔다.

1987년 6월 9일, 다음날 예정된 '고문살인 은폐 규탄 및 호헌 철폐 국민대회'를 앞두고 연세대학교에서는 '6·10 대회 출정을 위한 연세인 결의 대회'가 열렸다. 집회 후 시위 도중 2학년생 이한열이 전투경찰이 쏜 최루탄에 뒷머리를 맞아 쓰러졌다. 그가 코피를 흘리며 의식을 잃은 채 쓰러진 것을 친구가 부축하고 있는 사진은 언론을 타고 퍼지며 우리나라는 물론 전 세계 사람들의 심장에 의분을 불붙였다.

그리고 다음 날인 6월 10일, 신세계백화점 앞 로터리와 퇴계로, 명동 주변에서 시위를 벌이던 학생, 시민, 노동자 등 800여 명이 명동성당으로 모여들었다. 그 무리 속에 나도 있었다. 그날 밤부터 6월 15일 오전까지의 농성에 함께했다. 성당 맨 아래 언덕 초입에 합판으로 엉성한 바리케이트를 치고 밤새 돌과 화염병을 던졌었다. 성당 신부님들이 화염병을 만드는 데 필요한 신나를 갖다 주던 기억이 난다.

군부 독재자를 권좌에서 쫓아내고 인권과 민주주의가 꽃피기를 염원하던 학생과 시민의 뜨거운 열기는 6월 29일 당시 민주정의당 대표 노태우로부터 항복 선언을 받아내기에 이른다.

6·29 민주화 선언 이후 고양된 민주화 열기는 노동운동으로 번졌다. 나는 고조되기 시작한 노동운동에 관심이 쏠렸다. 열악한 노동 현실을 구조적으로 바꾸어 일하는 사람이 행복하고 잘 사는 사회를 만들어야 한다고 믿었다. 노동운동에 대해 더 깊이 공부하며 집회와 파업 현장에 함께했다.

낭만적인 그러나 엉성한

독재정권의 야만에 맞서 치열한 투쟁을 벌이는 중에도 젊은이다운 낭만이 없지는 않았다. 그런데 나는 이상하리만큼 그 낭만이 꼬이곤 했다.

그 무렵 남학생이 다수인 학과들은 여대나 여학생들이 다수인 학과와 연합해서 수학여행을 떠나곤 했다. 우리 학과는 덕성여대 약학과 학생들과 함께 수학여행을 가기로 했다. 이 일을 의논하기 위해 사전 미팅을 했다. 미팅이 끝난 후 학교 앞의 허름한 식당에서 막걸리를 마셨다. 처음에는 대여섯 명이 어울렸는데, 시간이 지나자 덕성여대 약학과 과대표와 나 두 명만 남았다.

취기가 오른 나는 우리 학교 앞에 한강변이 있는데 야경이 좋다며 함께 걸어가 보지 않겠느냐고 권했다. 과대표 여학생은 나를 따라나섰다. 그런데 송창식의 「담뱃가게 아가씨」에 나오는 얄

궂은 상황이 벌어졌다. 한강변 입구 어귀에서 불량배 둘이 "어쭈, 분위기 죽이는데…"라고 시비를 걸며 우리를 따라붙었다.

자칫하면 여학생이 다칠 수도 있겠다는 염려에 취기가 확 달아났다. 나는 무사히 빠져나갈 꾀를 냈다. "기분 나쁘셨으면 죄송합니다. 이해해주십시오"라고 정중히 사과한 후에 계속 말을 걸면서 걸어갔다. 한강변에 관리사무소가 있는데 그곳까지만 가면 안전하리라 생각한 것이다. 관리사무소 앞에 도착하자 나는 급히 여학생을 관리사무소 안에 들여보냈다. "문을 잠그고 신고하라"고 말한 후 강 쪽으로 쏜살같이 달려갔다.

속은 것을 알아차린 두 불량배는 화가 나서 나를 쫓아왔고 싸움이 붙었다. 머리로는 술이 다 깬 것 같았는데, 몸은 그렇지 않았다. 주먹이 헛나가 허공을 휘저었다. 정신없이 두들겨 맞았다. 주먹에 맞고 발로 차이고 짓밟혔다. 근처에 있던 노로도 맞았다. 그러다 경찰차 사이렌 소리가 들리자 불량배들이 도망을 쳤다.

과대표 여학생은 피투성이가 된 내 얼굴을 보고 깜짝 놀랐다. 강변 산책로 벤치에 나를 눕히고는 피를 닦아내며 간호해주었다. 그러다 새벽 동이 터 올랐다. 여학생이 연락도 없이 귀가하지 않자, 그녀의 집과 학교에서는 한바탕 소동이 났다. 이 일로 우리 학과와 덕성여대 약학과 학생들이 함께 수학여행을 가기로 했던 계획은 취소되었다.

이것이 인연이 되어 덕성여대 약학과 모임에 초대를 받아 간 적이 있다. 내가 등장하자 여학생들이 "장총찬이 왔다"며 환호했었다. 장총찬은 그 당시 베스트셀러였던 김홍신의 소설 『인간시장』에 등장하는 의협심 강한 주인공 이름이다.

진로 모색

학년이 더 올라가면서 진로에 대한 고민이 깊어졌다. 무엇을 하며 어떻게 살지를 결정해야 했다. 어려운 집안 환경에서 대학을 다니며 형들에게 신세를 진 것을 생각하니 운동에 투신할 엄두는 나지 않았다.

4학년 때 후배들과 함께 영어 리딩반을 만들었다. 함께 학생운동을 하던 이들 중에 운동 현장에 나갈 계획이 없는 사람이 모여서 진로 준비를 하며 공부를 더 열심히 하겠다는 생각에서 시도한 것이다.

잠시 고시 공부를 한 적도 있다. 하지만 내 체질과는 전혀 맞지 않는다는 것을 금세 깨닫고 그만두었다.

공부를 더 해서 정치학자가 되고 싶은 열망이 강했다. 그러나 그럴 처지가 아니었다. 대학까지 졸업한 마당에 집에 보탬이 되어도 시원치 않은데, 더는 신세를 질 수는 없었다. 그러다가 일본에 일하면서 공부할 수 있는 프로그램이 있다는 이야기를 들었다. 실낱같은 희망의 빛이 보였다.

'좀 고생스럽더라도 일본에서 공부를 계속하자!'

그렇게 해서 일본 유학을 준비하게 되었다.

일본 유학

와세다대학교 정치학과 석사과정

대학을 졸업하던 해, 수중에 한 푼도 없이 일본 유학길에 올랐다. 시간이 더 걸리더라도 돈을 벌면서 공부할 기회를 놓치고 싶지 않았다. 2년간 연수생 신분으로 일본어를 공부하며, 틈나는 대로 아르바이트를 했다. 신문도 배달하고 식당과 선술집, 파친코 등 닥치는 대로 일했다. 고단한 주경야독이었지만 고생에 이골이 난 처지라 견딜 만했다.

언어 연수를 마친 후 와세다대학교 정치학과 석사과정에 들어갔다. 나를 면담한 지도교수는 "모처럼 똑똑한 학생이 들어왔다"며 기대를 표현했다. 한국에서 유학 온 다른 학생들에게도

"크게 될 학생이 입학했으니 잘 챙기라"고 부탁했다고 한다. 이 교수의 말을 들은 유학생 선배들이 나를 찾아오기도 했다.

석사과정 공부는 언어 연수를 할 때와는 비교할 수 없을 만큼 강도가 세고 학습량이 많았다. 공부에만 매달려 집중해도 제대로 따라가기 힘들 정도였다. 이 상황에서 일을 병행하며 학비와 생활비를 마련한다는 게 여간 어려운 게 아니었다. 하지만 일을 놓고 공부에 전념한다면 당장 생계가 곤란해질 처지였다.

고된 일상에 지쳤고 압박감이 가슴을 짓눌렀다. 공부하면서는 일 걱정과 돈 걱정을 하고 일하면서는 공부 걱정에서 헤어나오지 못했다. 도저히 버틸 수가 없었다. 입학한 지 1년 반쯤 지나 석사 과정을 그만두었다. '조금만 더 참고 버티면 학위는 받을 수 있을 텐데…' 하는 아쉬움이 비수가 되어 가슴을 후벼팠다.

나를 아끼고 기대와 성원을 보내준 지도교수는 몹시 실망한 듯 보였다. 하지만 이미 인내의 임계치를 넘어선 상황이라 한 발도 더 나갈 수 없었다. 먹고사는 게, 살아남는 게 훨씬 더 급했다.

좋은 친구

퍽퍽한 일본 생활을 잘 견뎌낼 수 있었던 이유 중 하나가 좋은 친구였다. 그중 유독 기억에 남는 사람이 있다. 나보다 열여섯 살

위의 일본인 중년 남성이었다. 그의 아버지 때부터 한국인과 교류가 많았다고 했다. 한국어도 잘했다.

그를 처음 만난 건 아르바이트를 하던 매장에서였다. 내가 지치고 힘들어 보였는지, 다가와서 따뜻한 말을 건네주었다. "힘든 일 있으면 언제든 소주 한잔하러 오라"고 했다. 어느 날 기대 반, 의심 반으로 연락을 했는데, 반갑게 맞아주었다.

그 후로도 자주 만났다. 여러 명승지를 데려가서 일본 문화에 대해 친절하게 설명을 해주기도 했다. 일본에 사는 외국인들은 일본인의 보증을 받아야 셋집도 얻고 직장도 구할 수 있다. 그는 이때마다 든든한 보증인이요 후견인이 되어 주었다.

세월이 흘러 그가 한국에 올 때마다 반가운 마음으로 맞이하고 있다. 이제 그도 연로하여 언제까지 만남이 이어질 수 있을지 모른다.

그와 만날 때는 경색된 한일 관계에 관해 이야기하며 함께 걱정하곤 한다. 그는 역사의 빚을 진 일본이 진정성 있게 과거의 과오를 털어내야 한다고 생각한다. 때로는 일본의 정치인이나 엘리트 관료들이 평범한 아저씨 수준에도 못 미치는 것 같아 안타까운 마음이다.

가스 회사 영업사원

대학원을 그만둔 나는 지인의 추천을 받아 가스 회사 영업사원으로 취업했다. 일본 영업사원들은 업무 기강이 세고 조직 내 위계질서가 강한 것으로 유명하다. 업무량도 만만치 않다. 그래도 성실하고 친절하게 일하며 자기 역할만 잘 수행하면 어려움 없이 일할 수 있는 환경이다.

나는 고객 가정을 방문해서 가스 시설을 점검·관리하고 문제가 생기면 수리를 하는 일을 했다. 웃으며 성실하게 일했기에 고객들의 평판이 좋았고 회사 상관들도 나를 아끼고 좋아했다.

공부와 일을 병행하며 시간에 쫓기고 압박감에 시달리던 대학원 시절과 비교하면 몸도 마음도 한결 편안했다. 그러나 이따금 '내가 여기서 무엇을 하고 있는 거지'라는 근본적인 회의가 마음 깊은 곳에서 치밀어 올랐다. '공부를 위해 일본에 왔는데, 그 뜻을 이루지 못했다면 돌아가야 하지 않을까?'하고 자문하곤 했다.

마음 한 켠에 돌아가겠다는 마음을 품은 채 생활하다가 한국이 IMF 외환위기에 빠졌다는 소식을 들었다. '더 피해 있어야겠다'는 본능적 위기감 대신 '이제 돌아갈 때가 되었다'는 판단과 의지가 생겼다. 위기는 기회의 다른 이름이기 때문이다. 그렇게 7년여의 일본 생활을 정리하고 그리던 고국으로 돌아왔다.

천안이라는 따뜻한 품

불운의 연속

1990년대 말은 미국에서 시작된 닷컴 열풍이 한국으로 넘어와 경제계를 휩쓸던 시기였다. 나는 일본에 있을 때부터 미래 산업의 중심을 정보기술(IT)이 차지하게 되리라 직감하고 있었다.

한국에 돌아와 처음 시작한 사업도 IT 분야였다. 응용프로그램과 솔루션을 개발하는 회사를 열었다. 그런데 그 당시 IT를 중심을 한 벤처 업계는 거품이 끼어 있었다. 그럴듯한 아이디어만 있으면 화려한 사업계획서를 내밀며 장밋빛 미래를 장담했다. 실천할 역량이 있느냐는 중요하게 여기지 않았다. 그러면서 수억 원에서 수십억 원의 투자금을 유치하곤 했다.

그런데 나는 과장할 줄을 몰랐다. 있는 그대로 솔직하게 털어놓고 전망을 제시했다. 지금 생각해도 내 태도가 옳았지만, 당시 사업을 이끌어가는 데는 적합하지 않았을지도 모른다. 직원들도 "사장이 조금만 번드르르하게 말하면 잘될 수 있을 텐데 그것을 할 줄 모른다"고 푸념하곤 했다. 하지만 나에게 그런 재주는 없었다.

사업은 신통치 않았다. 자금이 든든히 뒷받침되어야 잘 풀리는데 투자를 끌어올 재주도 없었다. 직원들 월급 주고 거래처에 대금을 지급하는 게 얼마나 어려운 일인지 하루하루 절감했다. 모질고 힘든 시기였다. 결국에는 회사를 정리해야 했다.

왜 이렇게 안 풀리는지 모르겠다며 스스로 한탄도 해보았다. 어려운 환경을 딛고 열심히 달려왔는데 곳곳에 자리를 잡은 높고 두꺼운 장벽이 나를 질리게 했다. 그때만 해도 지친 나를 포근하게 안아줄 새로운 품이 기다리고 있는 것을 예상하지 못하고 있었다.

새로운 기회

큰형이 동생들을 모두 호출했다. 천안에서 사업을 시작하려고 하는데 형제들이 함께 해보자고 제안했다. 그 무렵 천안은 도시 개발과 건설이 한창이었다. 그 과정에서 폐기물이 많이 나오

세월의 거친 품은 나를 강인하고 유연하며 공감할 줄 알고 지혜로운 사람으로 키워
주었다.

는데 이것을 중간 처리하는 데 사업 기회가 있다고 본 것이다.

익숙한 것이라고는 하나 없는 이야기였다. 천안이라는 새로운 지역에서 생소한 사업을 시작한다는 게 낯설게 느껴졌다. 그렇지만 큰형의 이야기를 들으며 긍정적인 쪽으로 마음이 기울었다. 성공 가능성이 큰 사업으로 보였다. 무엇보다 정직하고 성실하게 일한 만큼의 대가를 얻는 일이라는 데 호감이 생겼다.

환경 사업은 공공성이 강하다. 대부분 공공기관의 엄격한 규제 아래 있다. 과장하거나 속이고 꼼수를 쓰는 것으로는 사업이 지속될 수 없다. 공익을 준수하며 열심히 일할 때만 성과가 난다. 이런 사업이면 해볼 만하다는 생각이 들었다.

그날 내 직감은 그대로 적중했다. 우리 다섯 형제는 열심히 일했고 점점 사업 규모를 키워갔다. 천안에 두 곳과 아산에 한 곳, 세 개의 법인을 만들었고 건설 폐기물 처리, 쓰레기봉투 수거, 아스팔트 콘크리트 제조, 매립장 등으로 사업 영역도 넓혔다.

포근한 품속에서

고단한 날갯짓을 하며 멀리서 날아온 새가 둥지에 깃들듯 나는 천안이라는 포근한 품에서 비로소 안정을 찾을 수 있었다. 사업의 애환이야 어쩔 수 없지만 새롭게 도약할 디딤판을 얻게 되었다.

처음으로 내 이름으로 된 집을 얻었고, 먹고사는 것을 걱정하지 않게 되었다. 지긋지긋하던 가난을 털어내고 더 넓고 큰 세상을 바라볼 안목도 생겨났다. 그리고 형제자매들이 함께 모여 우애 있게 살 수 있는 새로운 터전을 얻었다. 타향에서 온 사람들에게 기회를 주고 삶의 자리를 내어준 천안. 이만큼 고마운 곳이 또 어디에 있을까?

앞에서도 이야기했지만, 고향으로 가서 출마하겠다는 꿈을 접고 양승조 캠프로 들어가고 도지사 비서실장을 맡은 데는 천안과 천안을 안고 있는 충청남도에 은혜를 갚아야겠다는 평상시 바람이 크게 작용했다.

도지사 비서실장을 하면서 적지 않은 봉급을 받았다. 하지만 단 한 푼도 내 주머니로 들어오지 않았다. 민원인과 도청 직원을 챙기는 데 그 두 배, 세 배의 돈을 썼다. 돈벌이를 위해 그 자리에 들어간 게 아니기 때문이다. 만약 내가 돈을 번다면 보은과 봉사의 의미가 퇴색한다고 여겨왔다.

천안은 나에게 너른 품이 되어주었다. 나는 천안에서 다시 일어섰다. 더 나아가 시민을 위해 봉사할 기회까지 얻었다. 이제는 그 품속을 나올 때가 되었다. 더는 품속의 아이로 머무를 수 없다. 나도 누군가의 품이 되어야 한다.

과거의 나처럼 약하고 가난하고 지친 사람들이 마음껏 쉬고

재기할 수 있는 너른 품이 되고 싶다. 나에게 아낌없이 품을 내어준 천안에서 그 바람을 이루고 싶다. 이것이 내가 정치를 하려는 이유다.

3장

정치가 너른 품이 되려면

인생이라는 이름의
훈련장

고생스러운 세월의 품

나는 과거 이야기를 좀처럼 하지 않는다. 하나도 특별할 게 없다. 다들 그렇게 살아왔다. 고생한 과거를 자랑삼아 떠벌리는 게 못나고 부끄럽게 여겨진다. 그리고 젊은이들은 기성세대의 과거 이야기를 듣는 걸 그리 달가워하지 않는다. 살아온 환경 자체가 다르기에 공감하거나 이해하기가 어렵다. 책을 쓰기 위해 살아온 내력을 끄집어내는 게 몹시 쑥스럽고 무안하다. 문진석이라는 사람을 있는 그대로 표현하려는 궁여지책이니 이해하기를 바란다.

과거 이야기를 즐겨 하지 않기에 나에 대해 오해하는 사람도 꽤 많다. 내 외양이나 이미지에서 고생의 흔적이 느껴지지 않을 수도 있다. 내가 부잣집 아들로 태어나 어려움 없이 학교에 다니고 집안의 후원을 받으며 사업을 이루었으리라 지레짐작하는 사람들도 가끔 만난다.

하지만 지나온 날이 고생스러웠던 게 부정할 수 없는 사실이다. 늘 허기졌다. 한창 자랄 때 제대로 먹지 못했다. 물로 배를 채우고 논두렁에 누워 있으면 하늘빛이 노랗게 보이며 현기증이 일곤 했다. 돈에 쪼들리며 아등바등 살아왔다. 힘겨운 노동에서 벗어난 날이 얼마 되지 않는다. 숱한 밤을 눈물로 지새웠다. 비교적 풍족한 또래들을 바라보면서 부러워도 했다.

하지만 한 점의 원망도 없다. 일찍 세상을 떠난 아버지, 늘 병약했던 어머니를 그리워한다. 나를 왜 가난하게 키웠냐는 식의 삐뚤어진 마음을 품어보지 않았다. 나를 낳고 키워준 두 분은 한없이 자애로운 품이었다.

가난하고 힘겨웠던 나날들도 마찬가지다. 그 시간들은 나를 단련하고 성장시켰다. 돌이켜보면 나는 고생스러운 상황을 마주하는 데 큰 장점을 타고난 것 같다. 있는 그대로 상황을 받아들이고 그 속에서 내가 할 일을 찾았다. 그리고 묵묵하게 감당하려 했다. 집을 떠나기 전에 어머니를 위해 충분한 땔감을 쌓아두어야겠다며 나무하는 데 열중했던 열한 살 때부터 그랬다. 이런 성품을 물려주신 부모님께 감사한 마음이다.

현실을 받아들이지만 체념하지 않았다. 그 속에서 꿈을 키웠다. 이 상황을 잘 헤쳐나가겠다고 야무지게 주먹을 쥐곤 했다. 어린 시절에도 빨리 커서 돈을 많이 벌고 힘을 키워서 가족을 행복하게 하고 어려운 친구들을 돕겠다는 희망을 품고 지냈다. 그것이 내 삶을 이끌어준 길잡이였다.

풍족하고 여유로워야만 품은 아니다. 다른 모양을 가진 품들도 얼마든지 많다. 가끔 눈을 감고 지나간 세월을 돌아보면 그 세월이 나에게 품이 되었음을 깨닫게 된다. 조금 거칠었을 뿐 나를 단단하게 키워준 품이었다.

공감하며 배우며

일본에서 '경영의 신'으로 추앙받는 마쓰시타전기(현재 파나소닉)의 창업자 마쓰시타 고노스케는 90세 때 언론 인터뷰를 하며 자신이 성공한 비결이 3가지 특별한 축복 때문이라고 말했다.

"첫째, 집이 몹시 가난했기 때문에 어릴 적부터 구두닦이, 신문팔이를 하며 고생을 하는 사이에 세상을 살아가는 데 필요한 많은 경험을 쌓을 수 있었다. 둘째, 태어났을 때부터 몸이 몹시 약해 항상 운동에 힘써왔기 때문에 늙어서도 건강하게 지낼 수 있게 되었다. 셋째, 초등학교도 못 다녔기 때문에 세상의 모든

세월이 내게 선사한 역량을 훌륭한 정치로 한껏 펼치고 싶다.

사람을 다 스승으로 여기고 누구에게나 물어가며 열심히 배우는 일에 게을리하지 않았다."

다른 사람들이 인생의 장해로 여기는 가난, 병약함, 낮은 학력을 삶의 소중한 자산으로 꼽은 마쓰시타의 이야기에 깊이 공감한다. 그가 자신을 돋보이게 하려고 마음에도 없는 말을 꾸며내지는 않았을 것이다. 그의 말에는 완숙한 경지에서 삶을 꿰뚫어 보는 통찰력이 배어 있다.

삶의 난관과 역경은 받아들이기에 따라서 축복으로 바뀌기도 한다. 나이가 들어가면서 더욱 그런 생각이 더 든다.

가장 큰 것이 공감 능력이다. "과부 마음은 홀아비가 잘 안다"는 속담이 있다. 직접 경험해본 사람은 같은 상황에 놓인 사람의 어려움과 심정을 누구보다 잘 이해할 수 있다. 지긋지긋한 가난에 시달렸기에, 제때 진학하지 못하는 설움을 겪었기에, 힘겨운 노동으로 하루하루를 버텨왔기에, 푼돈에도 벌벌 떨어보았기에 약하고 가난하고 소외된 사람에 더 깊이 공감할 수 있다. 그 고통의 깊이를 떠올리며 그를 도와 일으키려는 의지가 생긴다.

시시각각 변하는 환경, 예기치 않게 다가오는 불운에 대처하는 힘도 얻게 된다. 자라 보고 놀란 가슴 솥뚜껑 보고도 놀라지만, 폭풍우를 헤쳐온 뱃사공은 소나기 따위는 우습게 본다. 사업을 하면서 그리고 비서실장 직무를 수행하면서 뜻밖의 어려움에 마주한 적이 많다. 그럴 때 좀처럼 당황하지 않았다. 주변 사람들은 이런 내 모습을 보고 놀라기도 했다. 짐작하건대 숱한 어려움을 겪어온 세월이 선사한 내공 때문이 아닐까 한다.

마음을 다스리고 스트레스를 관리하는 데도 지나온 고초가 큰 도움이 된다. 지치고 마음이 먹먹해질 때면 잠시 눈을 감고 집채만 한 나뭇짐을 둘러맨 꼬맹이를 떠올린다. 그 철부지에게도 어려움을 이길 힘이 있었던 것을 떠올리면 꼬이고 흐트러졌던 심사가 편안함을 되찾는다.

어려움 속에서 체득하는 지식과 경험도 무시할 수 없다. 나는 일본에서 생활할 당시 명문 대학 대학원에서 상류 사회의 일면을 엿볼 수 있었다. 이와 동시에 밑바닥 생활을 하며 선술집과 파친코 등에 모여든 서민들과 부대꼈다. 평범한 직장 생활도 겪었다. 그러면서 일본 사람들의 정서와 속마음을 잘 알게 되었다. 이것은 엘리트 외교관들이 좀처럼 얻기 어려운 생생한 현장 지식이다.

2019년 여름, 일본의 무역 보복 사태가 빚어졌을 때, 공식 외교적 대응과 일본 민간을 향한 전략이 동시에 수행되었다면 훨씬 효과적이라 생각했었다. 내가 체득한 지식이 이런 상황에서 도움이 될 수도 있었을 것이다. 그래서 관련 정보를 수립하고 도 차원의 대응책을 마련하려고 동분서주했었다.

차분히 지난날을 복기해보면 내가 어떤 목표를 향해 단련되어 왔다는 느낌이 든다. 세월의 거친 품은 나를 강인하고 유연하며 공감할 줄 알고 지혜로운 사람으로 키워주었다. 또한 이 자질들은 정치인의 내적 자산이 된다. 세월이 내게 선사한 역량을 훌륭한 정치로 한껏 펼치고 싶다.

사업에서 정치를 배우다

공공성

우리 형제들이 천안 지역에서 운영해온 환경 관련 사업은 지방정부나 공공기관과 연관되어 있다. 용역을 받아 수행하는 일들이 많다. 그래서 이런 사업을 하려면 연줄이 튼튼해야 한다고 생각하는 사람들도 있다. 하지만 타향 출신인 나와 우리 형제들에게 이런 연줄이 있을 리 없다.

환경 관련 사업에서 가장 중요한 것은 공공성이다. 공공의 이익에 우선순위를 두고 때로는 사적 이익을 포기할 수 있어야 장기적으로 이 사업을 이끌어갈 수 있다. 그런 점에서 나는 사업을 하면서 공공성을 추구하는 공적 마인드를 훈련해왔다고 할 수 있다. 때로는 공공적 가치를 포기하면 더 큰 이익이 생기는 상황과 마주하곤 한다. 그럴 때면 공공성을 잃는 순간 우리 회사가 망한다고 스스로 선언했다. 그래서 잦은 유혹에도 흔들림이 없었다.

전쟁터와 같은 기업 경영 세계에서는 공공성이라는 가치가 거추장스럽게 느껴지며 쉽게 무시된다. 다행스럽게도 나는 업의 특수성과 기질적 특성 때문에 공익을 우선하는 원칙을 견지하게 되었다.

미래를 보는 통찰력

사업가에게 가장 중요한 능력이 무엇일까? 다양한 답변이 나오겠지만, 나는 미래를 읽는 통찰력이라고 생각한다. 사업은 미래와의 싸움이다. 시장과 소비자, 경영 환경은 끊임없이 바뀐다. 변화 그 자체가 본질이다. 변화의 방향을 읽어야 기업이 생존하고 발전할 수 있다. 어떤 사업을 발굴하고 키워야 할지, 같은 사업 안에서도 어떤 전략을 취해야 할지는 미래를 보는 눈에 따라 좌우된다.

우리 형제들은 늘 사업의 미래를 토론해왔다. 처음 시작한 사업은 건설 폐기물 처리였는데, 앞으로 건설 경기가 위축되며 이 분야가 레드 오션이 될 것이라 내다보고 다른 사업 영역을 추가

했다. 쓰레기봉투 수거 용역이었다. 그리고 아스팔트 콘크리트 제조, 매립장 등으로 사업 영역을 넓혔다. 치밀하게 조사하고 분석하여 변화를 예측한 끝에 내린 의사결정이다.

사업가는 미래를 '예언'하지 않고 '예측'한다. 예언은 신의 영역이다. 미래가 자신의 눈에 보인다고 말하는 사람들은 모두 종교인이다. 예측은 예언과 다르다. 논리적 치밀함이 요구되는 기술이다. 변화의 여러 징후를 조사하고 변화를 이끄는 힘의 크기를 측정한 후에 이것을 다양한 각도에서 분석하여 변화의 방향과 양상을 파악한다. 그러면 일어날 수 있는 다양한 미래 시나리오를 도출할 수 있다. 이 시나리오 중에는 확률이 높은 것도 있고 일어날 가능성이 매우 낮은 것도 있다. 확률의 크기를 고려하면서 각 시나리오에 따라 대응책을 마련하는 게 미래에 대한 과학적인 대비이다.

'감'에 의존하는 사업은 한때 흥왕할 수 있어도 오래가지 못한다. 과학적인 예측에 의한 치밀한 준비만이 미래에 대응하는 방법이다. 이런 과정을 오래 거치면서 내면에 축적된 미래 예측 능력이 쌓이면 그것이 미래를 읽는 통찰력으로 굳어진다.

정치에도 미래를 읽는 눈이 필수적이다. 전 세계의 역학 관계, 산업, 정치가 역동적으로 바뀌고 있는 현대 사회는 미래를 읽어내고 비전을 창출하며 치밀하게 대비하는 역량을 지닌 정치인을 간절히 원한다.

추진력

10여 년 전 쓰레기봉투 수거 용역 사업에 진출하고자 미리 준비했었다. 당시에는 한 업체가 천안시 전체를 담당했었는데, 이것이 구역별로 나뉠 것이라 예상했다. 우리 예상은 맞았다. 구역을 나누어 입찰 공고가 떴다. 그런데 면허 기간 5년 등 높은 진입 장벽을 세운 상태였다. 그러면 용역을 수주할 수 있는 업체가 제한될 수밖에 없다. 입찰에 참여할 수조차 없는 상황에서 우리는 같은 형편인 다른 회사들과 함께 입찰 자격 조건의 부당함을 호소했다. 결국 완화된 입찰 참여 기준이 마련되었다.

이 용역을 따내기 위해 나는 치밀하게 준비했다. 우리 회사가 쓰레기봉투 수거 용역을 맡는다면 어떤 변화가 생길지를 선명하게 보여주고 싶었다. 그러려면 구역 내의 쓰레기봉투 수거 지점을 파악해야 했다. 기존 업체가 이것을 알려줄 리는 없었다. 우리는 특별팀을 편성했다. 자정부터 쓰레기봉투 수거 차량을 따라다니면서 수거 지점을 정확히 파악했다. 그리고 지도에 지점을 표시하고 번호를 매겼다. 다음 날 그 장소를 일일이 사진 찍었다.

제안서를 작성하면서 쓰레기봉투 수거 장소의 현재 모습을 담은 사진과 개선되었을 때 예상되는 모습을 담은 사진을 '이전 (before)', '이후(after)'로 대조적으로 제시했다.

수거 장소별로 사진과 함께 현황과 대응책을 꼼꼼하게 기록하다 보니 제안서가 책 한 권 분량이 되었다. 그때 심사위원이 11명이어서 제안서가 상자 하나를 가득 채웠다.

경쟁 업체들은 몇 장짜리 문서를 배포했다. 우리 회사처럼 준비된 곳은 없었다. 우리 회사는 모든 평가 항목에서 만점을 받았고 1등으로 입찰을 따냈다. 나중에 들으니 그때 제출한 제안서가 모범 제안서로 뽑혀서 다른 지방자치단체까지 공유되었다고 했다.

사업 하나하나에 이런 열정과 추진력으로 임했다. 무조건 되게 하겠다는 일념을 품고 될 수밖에 없는 방법을 찾아 일에 매달렸다. 그러면서 집념과 목표에 대한 집요함, 꼼꼼한 추진력을 한층 더 키워갔다.

차별적 경쟁력

기업의 경쟁력은 차별성을 만들어내는 능력에 달려 있다. 여기에는 기술이 매우 큰 역할을 한다. 나는 업계에서는 드물게 기술력 확보에 주력했다. 7개의 특허를 등록했고 신기술 인증을 받았다. 특히 폐기된 콘크리트 안에 섞여 있는 모래를 재사용할 수 있도록 추출하는 기술은 독보적이다. 부유물을 걷어내고 시멘트 가루를 제거하며 박리하는 장치와 공정을 개발하였다.

미래 산업 경쟁력 확보가 우리나라 발전을 위한 필수 과제가 되었다. 경쟁력 있는 기술의 가치를 잘 아는 기업가 출신 정치인들이 여기에 더 큰 관심과 열정을 가지기를 바란다. 나도 기업가 출신으로서 정치 현장에 들어가 국가적 미래 기술 개발에 일익을 담당하고 싶다.

훈련된 강점들

사업에 몰두하는 동안 내가 지닌 장점들이 더욱 강화되는 것을 체감했다. 나는 잡생각이나 욕망 없이 일 자체에 집중하는 성향이다. 사업을 수주하려 할 때나 프로젝트를 진행할 때면 완벽하게 성공할 때까지 집요하게 매달린다. 어부가 작은 고기 한 마리도 놓치지 않으려고 그물 한 코 한 코를 촘촘하게 정비하듯이, 한 치의 빈틈도 없도록 치밀하게 준비한다.

오락이나 유흥을 즐길 줄도 모른다. 골프는 사업 관계상 꼭 필요한 경우만 한다. 가까운 광덕산이나 태조산에 오르는 게 유일한 취미다. 사업을 하는 동안 해외여행을 딱 두 번 갔다. 함께 골프를 치러 나가자고 친구들이 자주 졸라댔지만, 며칠간 자리를 비우는 게 내키지 않아 늘 거절했다.

체력 관리도 잘해왔다. 나는 좀처럼 피로를 느끼지 않는다. 장시간 운전을 하며 일정을 소화해도 가뿐한 상태를 잃지 않는다. 또한 스트레스를 스스로 녹여내는 나만의 방법을 가지고 있다. 대인관계도 원만하다.

기업가로서 훈련한 나의 이러한 강점들이 천안시의 발전, 천안시민의 행복, 더 나아가 우리 사회의 미래를 위해 더 크고 유용하게 쓰이기를 바란다.

기업 경영에서
정치로

좋은 회사 만들기

회사를 경영하면서 '좋은 기업이란 무엇인가?'를 놓고 깊이 고민해본 적이 있다. 전통적인 관점에 따라 단순하게 생각하면 돈을 잘 벌수록, 즉 이익을 많이 낼수록 좋은 기업이다. 이때 수단과 방법은 중요하지 않다. 위법이 적발되어 큰 손해를 입거나 망하지만 않으면 된다.

하지만 이 결론은 뭔가 석연치 않다. 부도덕하게 돈을 버는 데에는 한계가 있기 때문이다. 한때 반짝 잘될 수는 있지만, 지속해서 성장하는 회사가 될 수는 없다. 요즘처럼 정보가 공개된 세상에서 이익만 좇는 '나쁜' 회사로 찍히면 소비자들에게 외면을 당한다. 결국 유능하면서도 '착한' 회사만이 생존하고 발전할 수 있다.

나는 착한 회사는 너른 품을 가지고 있다고 생각한다. 기업을 둘러싼 여러 이해관계자를 포용하고 그들에게 유익을 끼칠 수 있어야 한다. 기업은 특별히 노동자를 품어야 한다. 생산을 통해 성과를 직접 구현해내는 노동자야말로 기업의 핵심이며 주인이기 때문이다.

노동자를 품는 기업

나는 사업을 시작하면서 노사가 함께 회사의 미래를 만들어가는 구조를 만들겠다고 결심했다. 처음에는 미약하지만, 회사가 성장하는 만큼의 과실을 나눈다면 미래에 함께 잘살 수 있다고 믿었다. 이 믿음이 듣기 좋은 구호에만 그치지 않도록 구체적인 분배 정책을 마련했다. 사업이 조금씩 자리를 잡으면서는 학자금 대출과 출퇴근 버스 운영 등 직원 복지 투자를 늘렸다.

또한 경영자 급여가 적정선을 넘지 않도록 제한을 두었다. 2016년 정의당의 심상정 의원은 '최고임금법안'을 발의했다. 민간기업 최고경영자와 공공기관 임원 연봉이 각각 최저임금의 30배, 10배를 넘지 못하게 규정한 내용이다. 이른바 '살찐 고양이 법'의 한국형 모델이다.

2008년 글로벌 금융위기 때 월스트리트에서는 수많은 직원이 일자리를 잃었고 임금이 삭감되었다. 그러나 이때도 경영자들이 거액의 연봉과 성과급, 퇴직금을 챙김으로써 부도덕성과 탐욕을 드러냈다. 이것은 엘리트들의 천박한 욕망이 여과 없이 노출된 부끄러운 일이었다. 우리나라에서도 경영자와 노동자는 소득에서 엄청난 격차를 보인다. 그런데 경영자의 높은 급여는 당연하게 여기고 노동자 임금이 높으면 '귀족'이라는 고약한 수식어를 쓴다. 이것은 바람직한 현상이 아니다.

경영진의 보수 상한액을 정하는 것은 소득 재분배와 양극화 해소를 위해서도 의미 있는 정책이라 생각한다. 나는 이런 신념을 갖고 일찍부터 경영자 보수 상한선을 두어왔다.

또한 기업은 지역사회를 위해서도 자기 품을 내어주어야 한다고 생각했다. 그래서 회사를 경영하면서 여러 복지시설을 적극적으로 후원하고 임직원들이 함께 사랑의 집짓기(해비타트) 운동 등의 다양한 봉사 활동을 펼쳤다. 내가 회사를 떠난 후에도 후원과 봉사가 계속되고 있다.

기업과 정치

기업은 노동자와 성장의 과실을 나누고 사회에 기여하는 노력을 기울임으로써 노동자와 사회를 향해 자신의 품을 내줄 수 있

다. 나는 넉넉한 품을 가진 회사를 만들고자 노력해왔다. 그러
나 더 좋은 세상을 만들려는 내 포부는 회사 경영만으로 채울
수 없었다. 기업이라는 존재 방식 자체가 이 포부와는 거리가 있
기 때문이다. 이를 위해 정치라는 직접적인 방법을 통하는 것이
더 합리적이었다.

　나는 시민의 한 사람으로서 정치에 관심을 두었다. 정치 사안
에 적극적으로 참여하고 좋은 정치인을 후원하는 것이 내 역할
이라고 생각했다. 그 참혹한 일이 벌어지기 전까지는 말이다.

정치에 눈뜨다

시민으로서의 정치 참여

고등학교 시절 《신동아》를 탐독하며 정치의 꿈을 키웠다. 독재와 부정부패가 만연한 사회에 의분을 느끼며 더 정의로운 세상을 만들어보겠다는 열정을 품었다. 정치외교학과에 진학하겠다는 목표도 세웠다.

그런데 막상 대학에 진학하니 정치학 공부와 현실 정치는 큰 관련성이 없었다. 독재자를 몰아내고 민주주의를 이루기 위한 급선무는 전문 정치인이 되는 게 아니었다. 젊은 대학생으로서, 깨어 있는 시민으로서 거리에 나서는 것이 더 중요하게 여겨졌다. 그래서 시위와 집회 현장에 나가 목소리를 높였다.

진로에 대해 구체적으로 준비하면서부터는 정치인이 되겠다는 생각은 계획에서 빠졌다.

일본에서 돌아와서 IT 사업을 하면서는 훌륭한 정치인을 지지하고 후원하는 데 관심을 가졌다. 2002년에는 경기도지사 후보로 나선 진념 후보의 캠프에서 활동했다. 선거 과정을 직접 경험한 것은 그때가 처음이었다.

이어서 노무현 대통령 캠프에 들어갔다. 비주류 정치인이었던 그가 새로운 한국의 비전을 말하며 국민의 성원을 받아 대통령에 당선되는 현장에 함께했던 기억은 지금도 벅찬 감동으로 남아 있다.

그리고 문희상, 추미애, 천정배 등의 정치인과 인연을 맺으며 교류했다. 2012년 대통령 선거 때는 문재인 후보 충남시민캠프의 공동 대표를 맡아 열심히 뛰어다녔다. 꼭 이겨서 정권을 되찾아올 줄 알았는데 이명박 후보에게 지고 말았다. 열의가 깊었던 만큼 상실감도 컸다. 세상이 무너지는 듯한 절망과 슬픔을 느꼈다.

소극적 참여의 한계

그때까지 나의 정치 활동은 민주적인 의식을 지닌 시민으로서 정치에 관심을 가지고 사회 현안에 적극적으로 참여하는 차원이었다. 그리고 훌륭한 정치인을 지지하고 후원하는 것이 내 역할이라고 생각했다. 그것이 세상을 더 좋게 만드는 데 내 몫의 책임을 다하는 길이라 여겼다.

나의 성향도 정치하는 데 적합하지 않다고 판단했다. 살아가면서 나의 내면에서 좋은 사람과 나쁜 사람, 좋아하는 사람과 싫어하는 사람을 가려내는 마음이 자라난 것을 알 수 있었다. 정치는 좋은 사람, 내가 좋아하는 사람만을 위해서 하는 게 아니다. 나쁜 사람도 설득하여 바람직한 방향으로 이끌고 싫어하는 사람과도 뜻을 모아야 한다. 모든 사람을 존중하고 아껴야 하는데, 마음속에 선호의 구분이 분명하다면 이타적인 정치를 할 수 없으리라고 보았다.

이런 성향은 마음공부를 하면서 사라졌다. 마음을 다스리는 훈련을 하니 잘난 사람, 못난 사람, 좋은 사람, 싫은 사람을 분별하던 태도가 걷혀 나갔다.

사람을 대하는 태도가 바뀌었다고 해서 정치권에 뛰어들 엄두를 내지는 않았다. 사업에 열중하는 게 우선이었다. 선량한 기업가로서, 깨어 있는 시민으로서, 뒤에서 돕는 게 나의 역할이라 믿었다.

그러나 세월호가 침몰하던 2014년 4월 16일, 내 기대는 송두리째 무너졌다. 약한 사람이 피눈물을 흘리고 정의가 사라진 이

땅에 안주하면서, 사업 영역을 넓히고 회사 규모를 키울 생각에만 빠져 있는 스스로가 부끄럽게 느껴졌다. 편안한 곳에 안주하며 소극적으로 움직이면서도 내 나름대로 열심히 정치에 참여하고 있노라고 자위해온 것에 대한 자책이 생겼다.

한 사람이라도 더 나서야 했다. 정치를 출세의 도구로 전락시킨 무능하고 부패한 사람들을 몰아내고 정의를 세울 정치인이 단 한 명이라도 더 필요해 보였다. 그러려면 용기를 내어 나가 싸워야 했다.

우리 사회의 정의와 공평을 위해, 약한 사람의 눈물을 닦아주기 위해, 쓰러진 사람을 일으켜 세우기 위해 헌신하겠다는 젊은 시절의 결심이 되살아났다. 나는 그렇게 정치 현장으로 다가서고 있었다.

4월 16일, 그날

절망과 비통

2014년 4월 16일. 온 나라가 절망과 비통에 빠졌다. 우리 사회가 이루어내었다고 자랑해온 것들의 실상이 얼마나 무능하고 부패했는지가 백일하에 드러났다. 꽃다운 아이들의 목숨을 차디찬 바다에 빠뜨려 놓고는 멀찍이 바라보기만 하는 나라는 더는 나라가 아니었다. 나는 스스로 모욕과 자책감을 느꼈다. 이 지경에 된 데에는 나의 책임이 없다고 할 수 없었다. 사업에 바쁘다는 핑곗거리로 이 시대의 부정에 눈감아온 스스로가 부끄러웠다.

무기력한 사고 대처나 사고 이후 인면수심의 행태를 보면서 박근혜 정권과 새누리당에 분노가 일었다. 그리고 정도의 차이는

세월호 기억교실에서. 절망과 비통에 빠졌던 그 날의 굳은 결심을 되새기며 새로운
싸움을 시작하고자 한다.

있었지만, 민주당에도 실망감을 느꼈다. 극에 달한 무능과 부패와 싸우는 데 더 적극적으로 나서지 못하는 것이 못내 아쉽고 안타까웠다.

세월호의 비통과 절망은 정치의 부재를 적나라하게 드러냈다. 사람의 생명과 존엄에 최고의 우선순위를 두는 정치, 약한 사람을 배려하고 보살피는 정치, 고통을 겪는 사람을 공감하고 그의 눈물을 닦아주는 정치, 정치인이 자기 소임을 다하기 위해 모든 것을 거는 정치는 존재하지 않았다. 그 결과 꽃다운 생명들이 스러져갔다.

정치의 부재 속에 돈과 출세만을 좇는 사람들에게 정권을 내주었고 그들의 부패한 통치를 무감각하게 받아들였다. 우리 사회가 잘못된 길로 가고 있는데도 멀찍이서 고함만 치는 형국이었다.

정치가 바뀌지 않으면 우리 아이들의 미래가 암울하리라는 두려움이 엄습했다. 정치를 바꾸고 되살리는 것이 급선무였다. 그래야 안전하고 공평하며 정의롭고 행복한 세상을 향해 한발 더 나아갈 수 있을 것이다.

죽비에 맞은 듯 정신이 번쩍 들었다. 고등학교 시절 이후 묻어두었던 정치권에 들어가야겠다는 의지가 되살아났다. 삶의 방향을 바꿀 용기가 생겼다.

정치 현장은 나에게 매력적인 곳이 아니었다. 돈을 벌기에는 사업이 훨씬 더 낫고 권력과 명성은 바라지도 않았었다. 하지만 현재의 편안함에 젖어 소명을 뿌리칠 수는 없었다.

한국 정치를 바꿀 사람이 필요하다고 생각했다. 피 끓는 의분과 개혁에의 열의를 지닌 사람이 국회에 단 한 사람이라도 더 있어야 하겠다는 생각이 들었다. 내가 그중 한 사람이 되겠다고 결심했다.

정치의 길로 들어서다

2015년 회사를 그만두었다. 본격적으로 정치인의 진로를 모색하기 위해서였다. 준비 기간이 짧아서 2016년 국회의원 선거에는 나서지 못했다.

2016년 11월에 김정숙 여사를 만났다. 나에게 문씨 문중을 대상으로 한 선거운동을 부탁했다. 하지만 문씨 종친회가 직접 선거에 나설 수는 없었다. 그래서 남평포럼을 조직하고 특보단장을 맡았다. '남평'은 '남평 문씨'에서 따온 이름이다.

나는 전국 각지의 문씨 종친회를 찾아다니며 대화를 나누었다. "같은 핏줄이라고 무조건 지지하자는 게 아니라 보기 드물게 훌륭한 지도자가 우리 가문에서 나왔으니 그가 대통령이 되도록 힘을 모으자"고 호소했다.

대구에서는 내 이야기가 전혀 먹히지 않았다. 면박을 당하고 쫓겨나다시피 했다. 하지만 부산에 가니 분위기가 달랐다. 고개를 끄덕이는 사람이 절반은 넘었다. 희망이 보였다.

박근혜 대통령 탄핵으로 앞당겨 치러진 2017년 5월 대통령 선거에서 문재인 후보가 당선되었고, 곧바로 취임하여 임기를 시작하였다. 대한민국이 다시 제자리를 찾아가는 전기가 마련된 것이다.

대통령 선거 이후 나는 고향으로 가서 나의 행보를 재개하려고 했다. 그때만 해도 앞으로 내가 어떤 격랑에 빠질지 짐작조차 하지 못했다. 양승조 충청남도 도지사 후보 캠프에서 중책을 맡고 이후 비서실장으로 임명받아 일하게 되면서 새로운 운명을 받아들여야 했다. 그것은 나를 너그러운 품에 감싸 안아준 고마운 곳을 향한 보은이기도 하다.

절망과 비통에 빠졌던 그 날의 굳은 결심을 되새기며 새로운 싸움을 시작하고자 한다. 깊고 어두운 바다에 침몰한 한국 정치를 끌어올리는 일에 내가 가진 모든 힘을 쏟아부을 것이다.

4장

난제를 풀기 위해

위기 속 기회를 살리자

외부 위기 – 국제질서 변화

우리나라는 긴 과거 동안, 극단적으로 말해 큰 나라에 굴종하거나 아첨하지 않으면 살아남을 수 없는 환경에 놓여 있었다. 역사적으로 볼 때 약소국으로서 사대(事大)를 생존 전략으로 삼아왔다. 사대를 통해 세력이 강대한 중국과의 관계에서 자기 존립을 유지한 것이다.

중국의 영향력에서 벗어나고 일제 치하에서 해방된 이후에도 한국은 여전히 강대국들이 각축을 벌이는 틈바구니를 벗어나지 못했다. 늘 미국과 일본, 중국과 러시아라는 세력을 의식하지 않을 수 없는 게 한반도의 지정학적 여건이었다.

21세기에 들어선 이후 우리나라를 둘러싼 국제관계에 변화가 생겼다. 미국의 세계 전략이 약화되었고 중국이 새로운 세력으로 부상했다. 세계 패권을 노리는 중국과 이것을 견제하는 미국 사이의 다툼은 필연적인 것이다. 트럼프가 대통령이 된 이후 벌어진 미국과 중국 간의 무역 전쟁은 패권 전쟁의 또 다른 형태이다.

이런 국제 환경에서 대한민국이 난처해졌다. 미국과 중국 사이에 끼어 선택을 강요받게 되었다. 이런 난감한 상황은 우리의 미래에 먹구름을 드리운 위기로 작용하고 있다.

하지만 위기는 기회의 다른 이름이다. 정부와 여야 정치권, 국민이 역량을 한데 모으고 지혜롭게 대처하면 새로운 국제질서 속에서 비상할 수 있다고 믿는다.

보수 정치권에서는 전통적 우방인 미국, 미국과 전략적 동반자이면서 체제가 같은 이웃 나라 일본과의 동맹에 집중하자고 목소리를 높인다. 미국이나 일본의 심기를 건드려 우호 관계를 깨뜨려서는 안 된다고 강조한다. 이것을 위해 중국과 껄끄러워지는 건 감수해야 한다는 논리다.

그러나 이것은 비현실적인 주장이다. 2018년 우리나라 전체 수출의 26.8%를 중국이 차지했다. 홍콩까지 포함하면 이 비율은 34.4%나 된다. 중국 수출 의존도를 낮추겠다는 이야기가 자주 나오지만 쏠림 현상은 전혀 줄어들지 않고 있다. 이런 상황에서 중국을 적대시한다면 한국 경제가 크게 휘청거릴 수밖에 없다.

미국, 중국, 일본, 러시아 모두 우호적인 관계를 유지하고 발전시켜야 한다. 이 나라들끼리의 갈등 국면에서도 균형이 필요하다. 때에 따라서는 우리가 중재자 역할을 할 수도 있다. 어느 한쪽에 일방적으로 치우친다면 '꿩도 잃고 매도 잃는' 난처한 처지가 될 것이다.

근거 없이 지나친 자신감으로 오만에 빠져서도 안 되겠지만, 자기비하와 굴종은 더 심각한 문제다. 대한민국은 가난한 약소국이 아니다. 인구 5,000만 명 이상이면서 1인당 국민총소득이 3만 달러를 넘는 이른바 30-50 클럽에 속한 나라는 전 세계 7개국뿐이다. 그중 하나가 대한민국이다. 우리의 저력을 믿어야 한다.

그동안 위기로 작용해왔던 지정학적 환경을 지금부터는 기회로 삼아야 한다. 현명한 판단과 신중한 실천이 따른다면 대한민국은 대륙과 해양을 연결하는 교량 국가로서 큰 역할을 하게 될 것이다. 이것이 2019년 광복절 경축사에서 문재인 대통령이 선언한 미래 비전이다.

내가 가진 경험과 지식을 토대로 사회적 양극화 해결에 온 힘을 쏟을 것이다. 그것이
야말로 국민의 얼굴에서 웃음꽃이 피도록 하는 진정한 정치이기 때문이다.

내부 위기 - 사회적 양극화

2018년 한국의 국내총생산(GDP)은 1조 6,194억 달러로 세계 12위, 1인당 국민총소득(GNI)은 3만 1,349달러로 세계 30위이다. 우리나라가 잘사는 국가의 반열에 진입한 것은 누구도 부인할 수 없는 사실이다. 그러나 한국인들은 그만큼의 풍요와 행복을 느끼지 못하고 있다.

가끔 천안중앙시장에 들른다. 그곳을 지나치는 사람들의 얼굴에는 웃음기가 사라졌다. 지친 모습에서 근심이 느껴진다. 한마디로 행복하지 않은 것이다. 1인당 국민총소득이 3만 달러를 지나 5만 달러, 10만 달러를 넘더라도 국민이 행복하지 않다면 무슨 소용이 있겠는가.

국가의 부가 늘었는데, 국민 대다수는 왜 여전히 쪼들리고 각박한가? 부가 한쪽으로 쏠리기 때문이다. 부유한 사람들의 소득은 점점 더 늘고 가난한 사람들의 소득은 오히려 줄어든다. 중산층은 점점 없어진다. 상층과 하층이 명확히 나뉜 모래시계 모양의 양극화 사회가 되었다.

어찌 보면 우리 사회는 굉장히 기형적인 구조이다. 우리와 비슷한 수준의 나라와 비교할 때 국민 삶의 질과 행복 수준이 낮다. 걱정에 짓눌린 사람, 부당함을 느끼는 억울한 사람이 많다. 소득 합계가 높고 평균이 높아서 착시 현상이 생겼을 뿐, 부가 골고루 퍼지지 않는 안타까운 현실이다.

사회 안에서 상하와 갑을 관계가 주류를 이룬다. 상층이나 갑이 사회의 재산을 독점하고 이것이 하층과 을에게는 거의 돌아가지 않는 구조다. 상층과 갑은 이렇게 말한다.

"이만큼 줄 테니 이것 가지고 열심히 해서 내가 시킨 대로 만들어봐. 이 정도면 충분하지? 네 몫은 정했으니 이익이 나면 모두 내가 가질 게. 더는 욕심내지 마. 네가 싫으면 다른 사람한테 시키면 돼."

이제 이 말이 바뀌게 해야 한다.

"당신이 도와주고 우리가 함께 협력한 덕분에 성과를 낼 수 있었습니다. 고맙습니다. 이익을 함께 나눕시다."

상하와 갑을이 함께 성과를 공유할 수 있을 때 진정한 협력이 일어나고 지속 가능한 발전이 이루어진다.

양극화는 우리 사회의 웃음을 앗아가는 가장 큰 위협이다. 양극화를 극복하지 못한다면 대한민국의 미래는 암울할 수밖에 없다. 사람들은 희망을 잃고 사회 전체가 발전의 동력을 상실하게 될 것이다.

양승조 충청남도 도지사는 국가의 3대 위기로 저출산·고령화·양극화를 든다. 이 진단에 동의한다. 내 생각을 덧붙이자면 양극화가 핵심 문제다. 저출산·고령화는 양극화의 결과로 나타

나는 측면이 강하다. 사회적 양극화를 극복하면 저출산·고령화의 해법도 찾을 수 있다.

나는 사회적 양극화를 해소하는 게 현재 한국 정치의 최고 과제라고 생각한다. 이 중대한 위기를 넘어서지 못하면 대한민국은 주저앉고 말 것이다. 시장의 자연스러운 흐름에 맡겨둔다면 사회적 양극화는 더욱 깊어질 뿐이다. 특단의 대책이 필요하다. 여야, 보수와 진보 가릴 것 없이 사회적 양극화 극복에 모든 지혜를 모으고 역량을 결집해야 한다.

기업을 경영하면서 대기업과 중소기업 간 양극화, 대기업 정규직 노동자와 중소기업·비정규직 노동자 간 양극화가 빚어질 수밖에 없는 구조를 똑똑히 목격했다. 양극화가 어디서부터 생기고 어떻게 깊어지는지를 알게 되었다. 앞으로 내가 가진 경험과 지식을 토대로 사회적 양극화 해결에 온 힘을 쏟을 것이다. 그것이야말로 국민의 얼굴에서 웃음꽃이 피도록 하는 진정한 정치이기 때문이다.

기업 간 양극화

대기업-중소기업 양극화

한국의 산업화는 대기업 중심으로 이루어져 왔다. 대기업들은 정부 지원을 받으며 생산 시스템을 축적하고 자본을 집약시켰다. 그 결과 시장을 장악하며 거대한 생산과 수익 규모를 갖추었고 설비 투자, 연구 개발, 노동 생산성 등 다양한 면에서 중소기업과 큰 격차를 벌렸다. 대기업과 중소기업 양쪽에서 아래위로 평균을 크게 벗어나며 이 격차는 더욱 커졌다.

그런데 정부는 시장에서 차이가 너무 벌어져 기업 간 양극화가 생기며 각종 부작용을 낳을 때 이것을 다시 줄여주는 재분배 역할을 잘하지 못했다.

2019년 여름 일본이 무역 보복으로 화이트리스트 배제를 들고 나왔을 때, 우리나라 소재·부품 중소기업의 허약한 현실이 그대로 드러났다. 대기업 중심의 단기 수출 성과에 급급하여 장기적인 안목으로 소재·부품 기업을 키우지 않은 것이다. 그러다 보니 90%를 일본에 의존하게 되었다.

기업 생태계도 자연 생태계와 비슷해야 한다. 산에 호랑이 한 마리만 살 수는 없다. 늑대, 여우, 토끼, 쥐, 지렁이 등 크기가 다른 모든 동물이 각각 자기 먹이를 먹으며 산다. 호랑이는 호랑이대로 지렁이는 지렁이대로 생존할 수 있는 환경이 조성되어 있다.

대기업과 중소기업의 격차가 벌어진 이유로 경제 시스템과 협력 방식의 변화를 들 수 있다. 특히 IMF 외환위기를 거치면서 큰 변화가 일어났다. 그 전만 하더라도 대기업이 중소기업과 긴밀한 협력 관계 속에 공동 기술 개발을 추진하기도 했다. 대기업의 성장이 중소기업의 성장을 견인하는 경향이 존재했다. 대기업이 수출로 벌어들인 부가가치가 국내 중소기업으로도 퍼졌다. 이른바 낙수 효과가 생겼다.

하지만 IMF 외환위기 이후 대기업들이 개방화 전략을 펼치면서 대기업과 중소기업의 연계가 훨씬 약해졌다. 생산성이 떨어지는 부분을 아웃소싱하면서 수익의 격차가 더 크게 벌어졌다.

대기업이 고부가가치 영역을 차지하고, 중소기업들은 직원들에게 최저임금 정도만 지급할 수 있는 수준의 저부가가치 영역으로 밀려나는 현상이 생겼다. 장기간 기업 이윤율을 조사한 결과에 따르면 중소기업들은 경기가 좋든 나쁘든 3~4% 수준의 이익률을 보인다. 그런데 대기업들은 경기가 나쁠 때는 3~4%의 이윤율을 보이다가 경기가 좋을 때는 7~8%대로 상승하는 경향을 보인다. 새로운 혁신이나 기술 개발을 통한 이익이 대기업 쪽에 집중되기 때문이다.

원청-하청 간 양극화

우리나라의 중소기업 특히, 제조 업체는 하도급 기업의 비중이 높다. 중소 제조업의 절반 정도가 하도급 기업이다. 이들 기업은 매출액의 약 80%를 원청에 의존한다. 이 구조에서는 원청 기업과의 관계가 우선순위가 된다. 관계가 틀어지면 생존을 장담할 수 없다. 그리고 대기업과의 협력을 통한 이익이 생기지 않으면 중소기업이 아무리 열심히 해도 독자적인 발전을 기대하기 어렵다. 하청 중소기업들은 지불 여력, 투자 여력, 노동 생산성, 임금 등 모든 면에서 불리하다.

이렇듯 기업이 수직적으로 계열화되어 있는데, 그 관계에서 지배와 착취의 요소가 너무 강하다. 이 구조를 바꾸지 않으면 성장의 과실은 최상위 기업에만 주어져 양극화가 굳어질 수밖에 없다. 아래쪽으로 갈수록 고생만 더 하고 이익은 별로 없어진다.

'협력 업체'라는 용어를 쓰지만 실제로는 착취 관계가 형성되어 있다. 마른 수건을 짜내듯 비용 절감 부담을 아래로 전가한다. 혁신의 성과는 대부분 원청 기업에 몰린다. 원청 기업의 비용 절감은 자신에게는 성과일지 몰라도 하청 기업에는 영업이익 감소라는 결과를 낳는다.

혁신을 함께 적극적으로 해서 그 성과를 원청 기업과 하청 기업이 공유할 수 있어야 하는데, 기득권을 가진 원청 기업이 독점하는 경우가 많다. 그래서 하청 기업은 적극적으로 혁신에 나서지 않고 장기적으로 생산성이 후퇴한다. 이런 일련의 과정을 거치며 중소기업의 경쟁력이 갈수록 떨어지는 결과를 불러온다.

수직 계열화는 산업에 따라 복잡한 층위를 이루기도 한다. 원청, 1차 벤더, 2차 벤더, 3차 벤더… 이런 식이다.

2차 벤더로 제조 업체를 운영하는 친구가 있다. 원청 대기업에서 업무 지시와 제품 검수를 직접 받는다. 납품도 그 대기업에한다. 1차 벤더 역할을 충분히 할 수 있으며 사실상 그렇게 하고있다. 하지만 중간에 1차 벤더가 끼어 있다. 영업 관계를 이용해 공식적인 발주를 받고 이것을 재발주하는 게 역할의 전부다. 하지만 이익률은 1차 벤더가 훨씬 높다. 부당함을 느낄 수밖에 없는 구조이다.

나는 복잡한 수직 계열화 관계를 수평적으로 만들어야 한다고 본다. 제도와 관행을 개선하고 필요하다면 법률을 개정하여 하청과 재하청, 재재하청 등으로 꼬리를 물고 이어지는 복잡한 공급망을 단순하게 정리해야 한다. 건설 업계에서는 일괄 하도급, 동일 업종 건설업자에 대한 하도급, 재하도급 등이 법률로 금지되어 있다. 이런 규정을 산업 전체로 확산시키는 게 바람직하다고 생각한다.

기업 양극화 해결 방안

기업 간 양극화를 해결하려는 정부의 노력은 계속되어왔다. 2019년 1월 15일 개정 공포된 '대·중소기업 상생협력 촉진에 관한 법률'이 대표적이다. 하청 업체에서 인건비와 경비 등 공급원가가 변할 때 원청 업체에 납품 대금 조정을 신청할 수 있으며, 원청 업체의 보복 행위로 손해가 발생하면 배상을 청구할 수 있도록 했다.

나는 여기서 더 나아가 최저 마진을 실질적으로 보장하는 장치가 필요하다고 본다. 물론 국가가 지나치게 시장에 개입한다는 비난을 받을 수 있다. 또한 기업마다 최저 마진이 다르다. 혁신을 통해 비용 구조를 합리화한 회사도 있고 방만하게 운영되는 회사도 있는데 최저 마진을 어떤 기준으로 정하느냐고 항변할 수도 있다. 이 의견들은 모두 일리가 있다. 하지만 지금은 위기 상황이라는 점을 고려해야 한다. 국가가 시장에 개입한다는 비난을 감수하고 극약 처방을 쓸 수밖에 없는 시점이다. 시장이 원활하게 돌아갈 때는 시장에 맡기는 게 순리지만, 시장이 왜곡되었을 때는 일시적으로 국가가 개입하여 막힌 곳을 뚫어주는 게 마땅하다.

중소기업 최저 마진에 대해 국가와 지방자치단체, 공공기관, 공기업 등 공공부문에서부터 발상을 바꾸어야 한다. 이명박 대통령 시절 신자유주의적 효율성을 지나치게 강조하면서 공공성이 훼손되는 결과를 낳았다. 공공부문이 '최저입찰제'로 사업을 발주한 것은 적절하지 못했다. 정부, 공기업과 거래하면 일만 복잡해지고 이익이 별로 없다고 불만을 토로하는 경영자들을 어렵지 않게 만날 수 있다.

표준품셈, 물가정보 등 최소 마진 측정 기준이 되는 정보가 축적되어 있다. 공공부문에서부터 대기업까지 원청이 하청의 기본적 이익을 보장하는 제도가 꼭 필요하다. 대기업과 중소기업 간 상생 관계가 사회적 문화와 관행으로 자리를 잡기 이전까지는 임시적인 입법이나 시행령 정비 등 정치적 해결책을 모색해야 한다.

중소기업들의 단체행동을 보장하는 데 대해서도 전향적으로 검토해야 한다. 우리나라는 노동자의 단체행동은 인정하면서도 중소기업의 단체행동은 공정거래법으로 막고 있다. 대기업과 중소기업의 교섭력 차이가 분명한 만큼 이를 메우기 위해 중소기업들이 집단적으로 목소리를 낼 수 있게 하는 구조가 필요하다고 본다.

공정거래법 19조 담합 금지 조항의 중소기업 적용을 일정한 요건에서 면제해주는 것이 바람직해 보인다.

중소기업의 혁신을 실질적으로 지원하는 정책도 진행되어야 한다. 양극화를 해결하기 위해 이미 높은 생산성을 갖춘 대기업의 자본 집약 부분을 강제로 낮출 수는 없다. 결국 중소기업의 생산성 제고가 해결책이 된다. 중소기업 지원 정책은 중소기업 혁신과 생산성 제고 지원 정책과 소상공인 생존권 보장 차원의 정책이 분리되는 게 바람직하다. 보조금을 나누어주는 것보다는 클러스터를 만드는 공유 자산 형태로 하는 게 효과적일 것이다.

일본에서는 2018년 6월부터 '중소기업 생산성 향상 특별법'을 시행하고 있다. 기술 관련 규제 창구 일원화, 중소기업 설비 투자 촉진 등이 주요 내용이다. 일본의 사례를 벤치마킹하여 국가 차원의 생산성 향상 종합 계획을 수립하고 한시법으로 입법하는 것을 적극 검토할 필요가 있다.

정부가 기업 혁신을 지원할 때는 생산성 향상의 성과가 공유되는 데 중점을 두어야 한다. 사업주와 원청 대기업을 중심으로 단기간 비용 절감을 위해 혁신이 이루어진다면 발전의 한계가 생기고 지속 가능성이 없다. 원청 기업과 하청 기업, 사업주와 노동자 간의 성과 공유를 촉진해야 한다. 특히 대기업이 협력 중소기업 노동자의 임금이나 복지 수준 향상을 위해 지출하는 경우에는 정부 지원을 더욱 강화하는 게 효과적일 것이다.

중소기업의 혁신과 생산성 제고를 위한 효과적인 지원 방법 중 하나로 중소기업 노동자의 작업 환경과 복지 향상을 들 수 있다. 적절한 지원을 받은 중소기업이 설비 투자를 늘리고 스마트공장 등을 도입하면 노동자들이 쾌적한 작업장에서 편하게 일할 수 있어 생산성이 높아진다.

중소기업 노동자의 주거 문제를 지원하는 것도 중요하다. 특히 지방 중소기업 노동자를 위해 중소기업 밀집 지역 내 주택을 매입해서 시세보다 저렴하게 임대하는 방식을 검토하는 게 좋겠다. 중소기업 장기 재직자 대상으로 주택 공급을 확대하는 방안도 검토해야 한다.

근속연수가 길수록 대기업과 중소기업 노동자 간 임금 격차가 줄어든다는 통계가 있다. 중소기업 노동자의 근속 연수가 늘어나는 게 사회적으로 긍정적인 효과가 있다. 근속연수가 길어진다는 것은 다시 말해 기업 환경이 좋아지고 발전 전망이 밝다는 뜻이다. 중소기업 혁신과 생산성 제고는 기업 간 양극화에 이어 소득 양극화 해결에도 긍정적으로 이바지한다.

노동시장 양극화

사회 정당성을 훼손하는 노동시장 양극화

우리 사회 불평등의 핵심은 노동시장에서의 격차이다. 똑같은 일을 하는데도 더 적은 급여를 받고 복지 혜택이 부실하다면 박탈감이 생길 수밖에 없다. 근로 의욕이 떨어지며 노동관이 왜곡되기도 한다.

직업과 직무, 개인의 역량과 노력에 따라 소득의 격차가 생길 수 있다. 하지만 합리적인 차이가 아니라 자신이 어떤 조직에 속했는가, 어떤 고용 형태인가에 따라서 소득 격차가 생기고 이것이 사회적으로 굳어진다면 심각한 문제를 일으킨다. 사회 안정성을 뒤흔들 수도 있다.

한국 노동시장의 상층과 중층, 하층의 비율은 20:30:50 정도로 파악된다. 절반의 노동자가 피폐한 상황이다. 그리고 층간 격차도 매우 크다.

노동시장 양극화에 부당함을 느낀 사람들은 자신이 속한 사회의 정당성을 인정하지 않으려 한다. 이것이 '헬조선'이라는 신조어가 생긴 배경이다. 긴 시간 동안 정의롭지 않은 격차가 고착되고 더 벌어지면서 우리 사회의 정당성이 의심받는 세태는 중대한 사회 위기의 징후이다.

기업 규모와 고용 형태에 따른 임금 격차

노동자의 임금 격차는 기업 규모와 고용 형태의 2가지 측면에서 빚어진다. 간단히 말해 대기업에서 일하는가, 중소기업에서 일하는가에 따라 그리고 정규직이냐 비정규직이냐에 따라 임금 격차가 생긴다는 뜻이다.

고용 형태에 따른 임금 격차에 대해서는 법률과 제도 등을 통해 어느 정도 조정이 이루어져 왔다. 그러나 기업 규모에 따른 임금 격차 해소 정책은 여러 요인이 얽혀 있는 복잡다단한 상황에서 효과를 내기 쉽지 않았다. 또한 정책이 시장의 변화를 따라가지 못하는 모습도 보였다.

우리나라는 다른 선진국에 비해 기업 규모에 따른 임금 수준 양극화가 심하다. 500인 이상 대기업의 평균 임금은 상대적으로 높은 편이다. 일본보다 50%가 높고 1인당 GDP보다 약 90% 더 많다. 그런데 10인 미만의 영세 소상공업체의 임금 수준은 다른 나라보다 더 낮다. 그래서 임금 수준의 격차가 다른 나라보다 훨씬 큰 경향을 보인다.

우리나라는 자영업자와 소상공인의 비중이 다른 국가에 비해서 매우 높다. 전체 노동자의 40% 이상이 10인 미만 사업체에서 근무하고 있는데, 이 사업장들의 급여 수준은 500인 이상 대기업의 절반에도 미치지 못한다. 이 현실을 극복해야 사회 전체의 균형 잡힌 발전을 이룰 수 있다.

임금 양극화의 배경

1990년대 중반 이전만 해도 근속연수, 성별, 나이 등 인적 특성에 따른 격차가 많았다. 하지만 1990년 중반을 넘어가면서 기업 규모와 고용 형태가 임금 격차의 핵심으로 자리 잡았다.

1987년 노동자 대투쟁은 대규모 공장의 조직 노동자 중심으로 전개되었다. 그때를 전후로 대기업과 중소기업 간 임금 격차가 생기기 시작했다.

그리고 1990년대 중반 이후 임금 격차가 더욱 벌어졌다. 높은 교섭력을 갖춘 제조 대기업 노동조합이 임금 극대화 전략을 취한 것도 중소기업 노동자와 임금 격차를 벌린 요인이 되었다.

그리고 1997년 IMF 외환위기를 거치면서 노동시장 유연화 문제가 제기되었다. 이때부터 고용 형태별로 정규직과 비정규직의 차이가 생겼고 이것이 임금 격차와 직접 연결되었다.

임금 양극화 해결 방안

이른바 낙수 효과를 거론하며 경제 피라미드의 가장 상위를 점하고 있는 대기업을 지원하는 것을 경제 정책의 핵심으로 삼아야 한다는 사람들이 있다. 대기업이 잘되면 그 과실 일부가 중소기업으로 가고, 결과적으로 중소기업 노동자의 소득도 늘어난다는 것이다. 그러나 현실은 이러한 믿음이 허구임을 일깨워주고 있다. 이제 성장을 통해 일자리를 만들고 그렇게 만들어진 일자리가 빈곤과 불평등을 완화하도록 하는 '개발 국가형 복지 체제'는 유효하지 않다.

시장 만능주의 신화를 넘어서 임금 격차 해소를 위한 국가의 적절한 개입이 필요한 시점이다. 물론 임금은 시장 기능에 따라 유연하고 자율적으로 결정되는 것이 자연스럽고 바람직하다. 하지만 시장에만 맡겨두면 수탈적이고 착취적인 임금 구조가 만들어진다.

이런 폐단을 막기 위한 정책이 최저임금제이다. 최저임금은 하층 노동자의 삶을 떠받치는 보루이다. 최저임금은 기업 단위의 노사 협상이 아니라 국가 전략 차원에서 결정된다. 그러나 추진 과정에서 시장의 여러 변수와 부딪칠 수 있다.

뒤에 더 자세히 이야기하겠지만, 중소기업과 영세 자영업자 보호의 틀을 견고하게 세운 바탕에서 최저임금 인상을 추진해나가야 한다.

직무급제 도입 등 임금 구조 변화도 중요한 방안이다. 기업의 경계를 넘어서 '동일 가치 노동-동일 임금' 원칙이 실현된다면 만연한 하도급 거래와 임금 격차를 노린 아웃소싱도 줄어들며 비정규직 의존도도 낮아질 것이다. 하지만 이런 변화를 위해서는 고려할 요소가 많기에 신중하게 추진해야 할 것이다.

이에 앞서 한국 사회의 임금 구조 자체를 보여주는 임금 공시제를 생각해볼 수 있다. 공개된 정보를 바탕으로 시장에서 노사가 자율적으로 합의해서 임금을 조정하는 방안이다. 이런 정책을 정보의 부재에서 비롯된 착취적 임금 구조를 극복하고 노동자들이 정당한 임금을 요구하는 근거로 삼을 수 있다.

앞에서 대기업과 중소기업 간 양극화 해소에 관해 이야기했다. 대기업과 중소기업의 차이가 좁혀지면 대기업 노동자와 중소기업 노동자의 임금 격차도 자연스럽게 줄어들 것이다.

따라서 중소기업의 혁신과 생산성 향상이 매우 중요하다. 그리고 생산성 향상 성과에 대한 사업자와 노동자 간 공유가 활성화되어야 한다. 노사 간 이익 공유와 협력을 잘하는 기업에는 정부 차원의 인센티브를 지급하는 것도 효과적인 방법이다. 생산성 향상을 통해 이윤이 증가하고 그 이윤을 노동자들에게 나누어주면 동기 부여가 되어 더 열심히 일하게 되고 다시 생산성이 향상된다. 선순환 구조가 만들어진다.

중소기업 노동자의 저축과 목돈 마련을 지원하는 정책도 다양하게 모색할 필요가 있다. 현재 정부와 노사가 협력하는 모델인 '내일채움공제'가 있는데, 이런 유형의 제도를 더욱 활성화하는 방안을 의논해야 한다.

노동자 간의 연대가 강화되도록 사회적 합의를 끌어내야 한다. 특히 기업 내 정규직과 비정규직 간 임금 격차 해소를 위해서는 정규직 노동자들의 협조가 필수적이다.

기업은 비용 구조상 적정한 인건비 비중을 유지한다. 이렇게 책정된 인건비를 정규직과 비정규직이 나누어 갖는다고 보면 된다. 현재는 정규직이 7, 비정규적이 3을 가져가는 구조이다. 이의 개선을 위해 고임금 정규직 노동자의 양보가 요구되는 것도 사실이다.

고임금 정규직 노동자들이 임금 인상을 자제하는 대신 저임금 비정규직 노동자들의 임금을 높이는 이른바 '연대 임금 전략'

에 대한 폭넓은 논의가 필요하다. 아울러 대기업과 중소기업, 원청과 하청 노동자 간 협력 체계 구축에 관한 다각도의 연구도 이루어져야 할 것이다.

사회 양극화

양극화의 악순환

대기업과 중소기업 간 양극화와 노동시장 양극화는 그 자체로도 심각한 위기이지만 이것이 몰고 오는 사회적 고통도 엄청나다. 주거, 양육, 교육, 건강, 문화 등 삶의 모든 영역에서 차별이 생기는 사회의 총체적 양극화가 빚어지기 때문이다. 따라서 불평등이 사회 전체의 고통으로 이어지는 악순환의 고리를 끊어내야 한다.

사회적 양극화는 저출산의 근본적 원인이 된다. 하위 소득 노동자가 결혼과 출산을 포기하거나 미루기 때문이다. 그리고 저출산의 결과로 인구구조가 변동되어 고령화로 이어진다. 저출산, 고령화, 양극화의 3대 위기 정점에는 양극화가 있다.

양극화가 저출산으로, 저출산이 고령화로 이어지고, 이것이 다시 반복되며 위기의 크기를 키우는 악순환을 이룬다. 이 세 위기는 각각 존재하는 것이 아니라 함께 어우러져 영향을 주고받는 '다중 위기'의 향상을 보인다. 따라서 양극화를 풀면서 저출산과 고령화도 함께 푸는 해법이 필요하다.

저출산 해법

비서실장으로 충청남도 도정에 참여하면서 저출산 위기의 심각함을 깨달았다. 현재 가임 여성 한 사람이 평균 1명도 출산하지 않는다. 대한민국은 5,500만 명 정도의 인구 수준에 맞추어 행정과 교통 등 공공 인프라와 시스템이 구축되었고, 산업이 형성되어 있다. 그런데 인구가 줄고 생산과 소비가 위축되면서 우리가 힘들게 쌓아온 사회 자산이 과잉으로 돌아서고 사회 전체가 침몰할 수 있다.

저출산의 해법은 출산율 수치를 높이는 지엽적인 차원에 머물러서는 안 된다. 양극화로 대표되는 우리 사회 전체의 문제를 푸는 총체적인 관점에서 접근해야 한다. 국민의 삶의 질을 높이는 과정에서 자연스럽게 출산율이 높아지도록 유도하는 게 바람직하다.

전통적 가정 경제 형태가 사라진 지 오래다. 과거에는 남성이 가족 생계를 부양하는 모델이었다. 남성 1인이 가족의 생계 부양자로서 돈을 벌고 여성은 전업주부로서 살림을 맡는 방식이 암묵적으로 인정을 받으며 사회의 주류 문화가 되었다. 그러나 이 문화적 틀이 거의 무너지고 있다. 가족 생계 부양을 위해 여성이 일터에 나서는 것이 당연하게 여겨지고 있다. 이 과정에서 출산과 양육, 교육 부담이 가중되었고 자연스럽게 출산율이 떨어지게 되었다.

변화된 가정 모델인 맞벌이와 부부 공동 육아, 공동 가사에 적합한 사회적 지원을 함으로써 출산율을 높일 수 있다는 것이 북유럽 국가들의 저출산 문제 극복 과정에서 증명되었다.

사람에 대한 투자

새로운 가정 모델을 지원하는 사회로 전환하기 위해서는 혁신적 사회 서비스 인프라가 필요하다. 이에 대한 투자는 어마어마한 규모이다. 이런 대규모 사회 서비스 투자는 뉴딜의 변형된 형태로 볼 수 있다. 사회 서비스 투자를 '탈산업화 시대의 케인즈주의'라 부르는 것은 이런 맥락에서 이해할 수 있다.

북유럽 국가들은 사회 서비스 인프라를 구축하며 양질의 일자리를 창출했고, 이를 기반으로 광범위한 중산층을 만들어내어 사회 발전과 안정을 이루었었다. 사회 서비스를 받는 쪽과 새롭게 형성된 사회 서비스 직군에 종사하는 쪽 모두 경제와 생활 여건이 나아졌다. 부의 재분배와 함께 출산율 상승이 동시에 일어났다.

이런 사례를 볼 때 사람에 대한 투자, 사회 서비스에 대한 투자가 대안임을 알 수 있다. 양질의 사회 서비스를 유지하려면 공적 일자리 창출이 필수적이다. 이 양질의 일자리에 여성을 적극 참여시키는 것도 필요하다.

이제 투자의 방향을 바꾸어야 한다. 아직도 선거 때마다 SOC 건설 공약이 난무한다. 그런데 제아무리 훌륭한 교통망과 공공 시설물을 갖추어 놓아도 그것을 이용할 사람이 없다면 무용지물이다. 인구가 줄면 금방 과잉 시설이 된다.

이제 사람에 먼저 투자해야 한다. 우리나라 전체의 1년 대학 등록금이 14조 원 정도다. 제법 긴 구간의 고속도로를 건설하는 비용과 비슷하다. 마음을 먹으면 무상 대학 교육도 못 할 일은 아니다.

꼭 필요한 SOC 건설은 해야 하겠지만, 사람과 사회 서비스에 투자하는 데 우선순위를 두는 발상의 전환이 필요하다.

이미 충청남도는 고등학교까지 무상 교육을 하고 있고 2020년부터는 정부 주도로 전국 고등학교가 모두 무상 교육이 된다. 더 나아가 대학까지 무상 교육을 하는 목표를 세울 때가 되었다. 국공립부터 먼저 적용하면서 대학 개혁과 병행할 수도 있다.

사회 서비스 확대를 일자리 창출과 연계해야 한다. 기업이 일자리를 만드는 데는 한계가 있다. 자본과 기술이 고도로 집적되고 이익 확대 경향이 강해지면서 기업이 성장하는 데 따라 일자리가 함께 늘어나는 경향이 줄어들었다. 2018년 한국 경제는 2.7% 성장했지만 일자리는 0.4% 늘어나는 데 그쳤다. 고용 없는 성장의 시대가 된 것이다.

이럴 때는 국가가 나서서 양질의 일자리를 만드는 것이 바람직하다. 저출산·고령화의 인구 변동, 그것이 불러온 사회·문화 변화에 대응하려면 사회 서비스 수요가 늘어날 수밖에 없다. 이런 변화를 일자리 창출과 연결시켜야 한다.

사회 서비스를 시장에 맡겨야 한다는 주장도 있다. 하지만 이것은 매우 위험한 발상이다. 공적으로 제공되어야 할 사회 서비스를 상품화한다면 불평등과 양극화가 더욱 깊어질 것이다. 교육, 주거, 건강, 안전, 돌봄…. 이 모든 것들을 돈으로 사야 한다면 가난한 사람의 삶은 더 피폐해진다. 이것은 기본권이 상실되는 비참한 상황이다.

여성 사회 진출 확대

공적 서비스로서 보육 복지가 실현되면 출산·보육·가사에 붙들려 있는 여성이 노동시장에 적극적으로 진출할 기회가 확대된다. 기업이 출산과 보육의 부담을 진 여성들을 고용하기를 꺼리는 것은 비용 면에서 볼 때 자연스러운 일이다. 그런데 출산과 보육의 부담과 비용이 사회화된다면 여성 인력을 채용하기가 한결 수월해진다. 사용자들이 여성을 채용하는 데 장벽이 낮아지면서 여성이 갈 수 있는 곳도 늘어난다.

현재, 한국의 여성 인력 사회 진출은 매우 낮은 편이다. 이것을 OECD 평균 정도인 미국 수준으로 끌어올린다면 저출산·고령화에 따른 경제활동인구 감소에 탄력적으로 대응할 수 있다. 관련 통계를 보면 한국의 25~54세 여성 경제활동률이 미국 수준이 되면 경제활동인구를 2043년까지 2018년의 90% 수준까지 유지할 수 있다고 한다.

현재 보육 비용을 어린이집이나 유치원에 지원하는 간접적 방식을 채택하고 있는데, 여기에 대해서도 검토가 필요하다. 선진국들의 저출산 문제 해결 과정을 연구해보니 부모에게 직접 보육 비용을 지급했다는 공통점이 발견되었다. 우리는 정부가 어린이집이나 유치원에 돈을 주고, 부모가 돈을 더 내는 간접적인 방식이다.

국가가 유치원과 어린이집에 지원하는 금액은 유아학비, 보육비, 방과후과정비, 인건비 보조, 교사 수당 등으로 영유아 1인당 월 100만 원 안팎이다. 이 금액을 부모에게 국가가 직접 지원한다면 각자 여건에 따라 보육 방식이나 시설을 자유롭게 선택할 수 있어 만족도가 더 높아지고 보육 환경이 개선될 것이다.

하지만 정책 도입 초기에 첫 단추를 잘못 끼웠다. 유치원과 어린이집 지원 체계를 손보려고 해도 표를 의식하는 정치인들의 민감한 이해관계에 막혀 진전되지 못하는 실정이다. 앞으로 면밀한 검토를 거쳐 합리적인 지원 방안을 확정한 후에 좌고우면하지 말고 과감하게 추진할 필요가 있다.

사회 불평등 해결을 위한 과제

사회 불평등을 해결하는 중심 방향은 복지 서비스의 공공화이다. 앞에서도 이야기했듯 공공성이 강한 사회 서비스가 상품화된 상황에서는 그것을 누릴 경제력을 가진 사람과 그렇지 못한 사람 사이에 극심한 차별이 생길 수밖에 없다.

사회 서비스에서 공공과 민간이 혼재된 경우도 불평등이 생긴다. 예를 들어 국공립 어린이집과 사립 어린이집, 국공립 유치원과 사립 유치원을 비교해보자. 국공립 어린이집이나 유치원에 다니면 비용 부담이 거의 없다. 반면 사립 유치원이나 어린이집을 다니면 부모가 돈을 더 내야 한다. 교육 환경은 국공립이 더 나은 경우가 많은데도 그렇다. 젊은 부모들 사이에서 아이가 국공립 유치원이나 어린이집에 들어가는 것은 로또 당첨에 비유된다. 행운의 영역이다. 운에 따라서 차별이 생기는 것이다.

보육, 안전, 건강 등에 관한 사회 서비스의 공공화를 더욱 강화함으로써 국민 삶의 질을 평균적으로 상승시켜야 한다. 돈이 많은 사람만 쾌적함을 누리고, 행운을 잡아야 양질의 사회 서비스를 받을 수 있는 환경에서는 불평등이 심화되고 격차가 더욱 커진다.

1인당 국민총소득이 3만 달러를 넘어섰지만, 사회복지는 OECD 국가 중 최하위 수준이다. 이제 복지를 더 늘려야 한다. 사회 서비스 공공화를 위한 과감한 투자가 필요하다.

대공황 때 미국의 프랭클린 루스벨트 대통령이 테네시강 유역 개발 공사 등의 SOC 사업을 일으키며 뉴딜 정책을 추진하여 위기에서 벗어났다면, 지금은 과감한 사회 서비스 투자를 일으켜 국민 삶의 질 개선, 사회적 재분배, 양극화 해소에 나설 때이다. 이것이 고도 성장기가 끝난 탈산업화 시대의 뉴딜이다.

교육 양극화 해소

기업 양극화와 노동시장 양극화는 한국의 교육 현실이 피폐해진 직접적인 원인이다. 한국의 교육 문제는 사실상 입시 문제이다. 자녀를 명문 대학에 보내려는 욕망이 맞부딪히며 비인간적인 경쟁 현실을 초래했고 공교육을 부실하게 하며 엄청난 사교육비 부담을 불러왔다. 그 결과 부모의 재산과 지위에 따라 자녀의 명문 대학 진학률이 높아지는 교육 양극화 현상이 빚어졌다.

너도나도 명문 대학을 원하는 이유는 그것이 좋은 직장이나 직업을 얻는 데 유리하기 때문이다. 즉 양극화된 노동시장에서 상층에 속하려는 욕망이 입시 과열을 일으키는 것이다. 노동시장 양극화가 해소되어 하층의 피폐한 노동 여건이 개선되고 소득이 더 늘어난다면 명문 대학을 향한 과도한 집착도 상당 부분 사라질 것이다.

비싼 등록금 때문에 대학에 가고 싶어도 못가는 사람이 없도록 교육 비용을 사회가 부담하는 노력 또한 계속 기울어야 한다.

대학의 서열화도 해소해야 할 문제이다. 전국의 국공립대학을 하나의 이름으로 묶어 학생을 통합해 선발하고 상호 학점 이수를 인정하며 졸업생에게 같은 명의의 학위를 주는 '국공립대학 네트워크'에 대한 검토가 필요하다.

예를 들면 충남대학교는 한국대 제1캠퍼스, 서울대학교는 한국대 제2캠퍼스, 전북대학교는 한국대 제3 캠퍼스 등으로 불리게 된다. 이를 통해 일정 수준의 대학 평준화에 도달할 수 있을 것이다. 그리고 국공립대학 네트워크의 등록금을 면제한다면 학생들의 선호가 더 커지면서 명문 대학의 판도가 깨지고 서열화에 균열을 일으킬 수 있을 것이라 본다.

한국의 교육 문제는 입시 제도를 손질한다고 해결되지 않는다. 입시 과열을 불러온 기업 양극화, 노동시장 양극화를 해결하는 노력과 함께 추진되어야 할 것이다.

양극화 해결을 위한
정치적 역량

정치력이 관건

우리 사회가 겪고 있는 위기와 고통은 사회 양극화를 중심으로 끈끈하게 이어진 '다중 위기'이다. 따라서 사회적 격차의 틈을 메워나가면 다른 문제 해결의 실마리를 쥘 수 있다.

하지만 양극화 해결은 쉽게 이루어지지 않는다. 모든 정치적 과제가 어렵다고 하지만 양극화야말로 난제 중 난제이다. 남북 화해나 적폐 청산 등의 목표는 정책의 대상이 분명하게 드러난다.

그러나 양극화 해결은 사회 경제의 틀 자체를 바꾸는 일이다. 새로운 법과 제도를 수립하고 이해관계가 민감하게 교차하는 게 임의 룰을 바꾸어야 한다.

양극화를 해결하는 과정에서 기득권을 건드릴 수밖에 없다. 손해 보는 기득권층이 나온다. 그들의 저항이 만만치 않을 것이다. 그런 저항을 이겨내려면 미리 정교하고 치밀한 전략을 수립하고 과감하고 빈틈없이 수행해야 한다.

기득권층의 협력을 얻어내기 어려울 수도 있다. 자신에게 불리한 선택을 하도록 요구하는 일이 순탄하게 이루어질 리 없다. 조직적인 반대와 방해에 막히는 게 당연하다. 이럴 때 돌파할 동력을 정치가 갖추어야 한다.

차별과 격차를 없애겠다는 굳은 의지를 가진 세력이 정치 권력을 가져야 한다. 기득권층의 이익을 대변하는 세력과 맞서서 이겨야 한다. 입법에 필요한 의석을 확보하여 의회 권력을 장악하고 양극화를 해소할 법과 제도를 만들고 정비해야 한다. 양극화 해소에 명운을 건 정치인들이 앞장서서 지치지 말고 나아가야 한다.

확고한 목표와 유연한 대응

양극화를 극복하기 위해서는 정치적 역량과 추진력, 치밀한 준비가 뒷받침되어야 한다. 이와 함께 추진 과정에서 유연성을 발휘할 수 있어야 한다.

프랭클린 루스벨트는 대공황의 위기를 이겨내고 미국 사회를 도약시키겠다는 확고한 비전이 있었다. 시장 만능주의 시스템이 초래한 불균형을 억제하는 힘을 기르겠다는 분명한 목표도 수립했다.

그러나 그가 뉴딜 정책을 추진할 때는 매우 유연했다. 정책을 시행하면서 끊임없이 방향을 수정하고 새롭게 하면서 실용적으로 추진했다. 그 결과 시장 기능을 뛰어넘은 재분배를 이루고 미국 내수 시장의 힘을 복원해서 대공황을 극복할 수 있었다.

문재인 정부는 양극화 극복을 위한 다각도의 노력을 펼쳐왔다. 대표적인 게 최저임금 인상과 근로시간 단축이다. 양극화 속에 침체된 사회를 다시 일으키는 데 꼭 필요한 정책이었다. 그런데 기득권층에 맞설 세밀한 준비와 유연한 추진 과정이라는 면에서는 약간의 아쉬움을 남겼다.

거듭 말하지만, 최저임금 인상과 노동시간 단축은 옳은 일이다. 최저임금 인상은 갈수록 아래로 처지는 하층 노동시장의 소득 수준을 떠받쳐서 기본적인 삶의 여건을 회복시키는 일이다. 무한 이익을 추구하는 시장의 흐름에만 맡겨둘 수 없으며 국가적 전략으로 삼아야 한다.

연장·휴일근로를 포함해 노동자의 1주일 근로를 최대 52시간으로 제한하는 주 52시간 근무제도 마찬가지다. OECD 국가 중

근로시간이 가장 긴 우리나라 노동 현실에서 불가피한 일이다.

이 두 정책은 국내총생산(GDP)과 1인당 국민총소득(GNI) 등의 국가 경제력과 비교해 사회복지 수준과 삶의 질이 형편없이 낮은 현실을 극복하려는 시도에서 비롯되었다. 성장의 과실이 골고루 분배되지 않고 한쪽에만 쏠리는 불공정과 불평등을 해결하려는 첫걸음이다. 우리 사회를 위해 바람직한 방향으로 나아간 성과라 할 수 있다.

다만 일을 풀어나가는 유연성이 발휘되었다면 더 순조롭게 진행되지 않았을까 하는 아쉬움이 있다.

기업 간 양극화와 연계한 전략

최저임금을 인상할 때 대기업과 중소기업 간 양극화를 푸는 전략과 연계하는 것이 더 효과적이었을 것이다. 최저임금 인상은 평균적으로 임금 수준이 더 낮은 중소기업에 체감 효과가 크다. 그런데 한국 중소기업은 구조적으로 저수익에 시달리는 처지이다. 한도까지 짜내가며 간신히 기업을 운영하는 경우가 많다. 작은 비용 증가가 큰 부담으로 작용한다. 이런 상황에서 최저임금이 비교적 큰 폭으로 오르면 견디기가 힘들고 경영진에서 반발이 일어난다.

따라서 최저임금 인상은 중소기업의 수익 구조 개선과 함께 추진하는 전략이 바람직하다. 생산성 향상과 대기업과의 상생 관계가 이 전략의 중요한 내용을 이룬다. 중소기업 생산성 향상을 위한 혁신이 장기적인 과제라면 대기업과의 상생 관계는 비교적 빨리 구축할 수 있다.

국민의 기대와 지지가 결집하여 영향력이 컸던 정권 초기에 대기업을 설득했으면 어떨까? 재벌 대기업 총수들과 머리를 맞대어 의논하며 국가 경제 회복을 위한 대승적 협력을 호소하며 중소기업과의 상생, 특별히 기본 이익 보장 등을 요구했다면 설득력이 높았을 것이다. 대기업 역시 내수 회복을 통한 경제 선순환 구조를 원한다. 대기업과 중소기업 간 상생 관계가 회복된 가운데 중소기업 이익이 개선되고 그 이익을 종업원과 공유하는 차원에서 최저임금 인상이 추진되는 구조였다면 효과적이었을 것이다. 명분이 강하고 저항이 약하며 정책 효과 또한 더 발휘되었을 것이다.

하지만 최저임금 상승은 역풍을 맞았다. 마치 최저임금 인상이 경제 침체의 원인인 듯 반대 목소리가 높아졌다. 기업들이 반발했고 기업을 광고주로 둔 언론이 그 목소리를 그대로 옮기며 여론을 왜곡시켰다. 저항의 반열에 자영업자들도 합류했다.

지금 자영업이 어려워진 것은 최저임금 때문이 아니다. 시장이 변한 것이 근본적인 원인이다. 저출산 고령화 추세 속에 고객은 줄어가는데 점포는 더 늘어간다. 극심한 경쟁 속에 이윤율이 떨어질 수밖에 없다. 그리고 주된 소비 행태가 매장 방문이 아니라 온라인 전자상거래 중심으로 바뀌었다. 매장을 찾는 사람이 줄고 매출과 이윤이 함께 떨어지게 되었다.

이렇듯 저성장과 소비 패턴 변화로 어려움을 겪게 된 자영업자들은 책임을 전가할 눈에 보이는 대상을 발견했다. 최저임금 인상이다. 이렇게 최저임금 인상은 모든 불황의 책임을 뒤집어썼고 '소득 주도 성장'의 선봉장으로서 가치가 훼손되었다.

최저임금 인상을 비롯한 소득 주도 성장 정책이 실질적인 성과를 거두기 위해서는 기업 간 양극화 해결을 중심에 놓는 전략이 필요하다. 한국 경제 성장의 과실이 일부 재벌 대기업에 독점되지 않고 골고루 분배되도록 상생의 틀을 세워야 한다. 이와 동시에 변화한 시장에서 중소기업과 자영업자가 생산성을 높이며 성장할 수 있도록 지원해주어야 한다.

과거 세대들은 눈에 보이는 것을 중시한다. 반드시 공장과 매장이 있어야 한다고 생각한다. 그러나 현재의 소비 패턴은 과거와 다르다. 매장을 찾지 않는 소비에 더 익숙해지고 있다.

미국 경제계에는 '아마존 공포(Amazon-phobia)'라는 신조어가 등장했다. 아마존이 진출한 업종에서는 생존하기 어렵다는 뜻이다. 아마존을 필두로 한 전자상거래 확장으로 미국 오프라인

우리 사회가 겪고 있는 위기와 고통은 사회 양극화를 중심으로 끈끈하게 이어진 다중
위기이다. 사회적 격차의 틈을 메워나가면 다른 문제 해결의 실마리를 쥘 수 있다.

유통업계는 궤멸 상태에 가까워졌다. 우리나라도 이와 크게 다르지 않다. 과거의 관성을 고집하면 생존하기 어렵다.

현재의 중소기업과 자영업은 인구가 늘고 고성장을 기록하던 시절을 기준으로 디자인되었다. 그런데 저출산과 저성장이 새로운 표준이 된 지금도 과거 관행에서 벗어나지 못하고 있다. 따라서 중소기업과 자영업이 변화한 세상과 시장에 맞게 혁신하도록 돕는 일을 중요한 국가 과제로 삼아 추진해야 한다.

주 52시간 근무제도 기업 간 양극화 해결과 함께 추진했으면 더 효과적이었을 것이다. 저성장과 낮은 이윤율로 힘겨운 중소기업 입장에서는 고용을 늘리는 것보다 기존 노동자에게 더 많은 일을 시키는 것이 위험이 적고 이익도 크다.

저임금 노동자들도 노동시간이 줄어드는 것보다 임금이 상승하는 것을 더 선호하는 경향을 보인다. 그런데 주 52시간을 넘겨서 일하지 못한다면 이것은 기본급의 1.5배를 받는 초과근무 소득의 감소를 의미한다.

이 조치로 임금이 10%씩 줄어든다면 저임금 노동자일수록 부담이 커진다. 예를 들어 700만 원씩 월급을 받던 노동자는 70만 원을 덜 벌고, 300만 원씩 월급을 받던 노동자는 30만 원을 덜 벌게 된다.

금액상으로는 70만 원을 덜 버는 고임금 노동자의 손실이 훨씬 더 크다. 하지만 그들은 이 변화를 감내할 여건이 된다. 기본 생계를 유지하고도 여유분이 좀 있기 때문이다. 하지만 월 300만 원을 받다가 270만 원을 받게 된 노동자는 생계비 자체가 흔들리는 고통을 겪을 수 있다. 원래 여유분이 없이 빠듯했다면 조금의 수입 감소로도 생활이 막막해진다. 이 30만 원은 그 노동자의 한 달 용돈 전부이거나, 자녀의 학원비 전액일 수도 있다.

저임금 노동 현장에서는 조금 더 힘들게 일하더라도 돈을 더 많이 벌어 가족을 부양하는 것을 선호하는 노동 문화가 여전히 존재함을 헤아릴 필요가 있다.

대기업과 상생 관계에서 중소기업의 이익이 증가하고 그 성과가 노사 모두에 돌아가는 구조가 형성되는 바탕이 이루어지지 않은 채 노동시간만 줄어드는 제도는 중소기업 사용자와 노동자 모두에게 환영받지 못할 가능성이 크다.

정부는 이런 부작용을 의식하여 2020년부터 주 52시간 근무제 시행 대상이 된 중소기업에 1년 계도 기간을 부여하는 계획을 발표했다. 이것은 노동시간 단축 기조의 후퇴로 받아들여지는데, 더 치밀하게 준비하고 대응했더라면 지금과 같은 혼란을 줄일 수 있었을 것이라고 본다.

현장 중심의 개혁

최저임금 인상과 소득 주도 성장, 노동시간 단축 등의 개혁이 기대했던 것보다 지지를 덜 받고 일부에서 거센 반발과 마주하게 된 데에는 억울한 측면이 있다. 보수 야당과 기득권층, 언론 등이 그 가치를 폄훼하며 여론을 왜곡시켰기 때문이다. 앞으로 이 정책의 가치와 진정성이 폭넓은 지지와 인정을 받기를 바란다.

아쉬운 것이 있다면 개혁 과정에서 현장 중심의 유연성이 더 발휘되지 못한 점이다. 현장에서 정책을 녹여내는 데 더욱 실용적인 전략과 태도가 필요했다. 개혁 정책을 주도적으로 입안하고 추진하는 그룹 안에 현장의 사정과 사람들의 처지에 밝은 중소기업 경영자나 노동자 출신이 포함되었으면 더 좋았을 것 같다.

대학교수 등 학자 출신은 이상적인 가치와 지향을 지니고 있으며 원칙적이고 도덕적이라는 장점이 있다. 그래서 기득권과 타협하지 않고 정책을 입안할 수 있었다. 이 장점과 현장 경험이 잘 어우러졌다면 훨씬 효과적이었으리라 본다.

정치도 마찬가지다. 현재 국회의원은 판검사, 고위관료, 언론인 등 엘리트 출신이 대부분이다. 그밖에 학생운동과 시민운동 진영에서 온 사람들도 있다. 남다른 식견을 갖춘 훌륭한 분들이지만 사회 양극화가 벌어지는 현장을 잘 알지 못한다. 직접 경험하지 않았기 때문이다.

종업원 월급을 맞추느라 애간장이 끓는 영세 기업 경영자, 장시간 고단하게 일하며 빠듯한 살림을 꾸려가는 저임금 노동자, 임대료 걱정에 밤잠을 못 이루는 자영업자들이 정부 정책을 어떻게 받아들이고 대응할지를 경험적으로 잘 아는 현장 전문가가 정치권에 더 필요하다. 이들이 자기 역할을 한다면 확고한 목표를 지향하면서도 유연하고 실용적으로 개혁을 추진할 수 있을 것이다.

패러다임 전환

사회 양극화 해소를 위해서는 기존의 발상을 바꾸어야 한다. 정치권에서는 표를 의식하여 좀처럼 증세를 이야기하지 않는다. 그러면서도 높은 수준의 복지를 부르짖는다. 보수와 진보가 모두 마찬가지다. 그러나 사회 양극화 해소와 공공 서비스 체계 구축에는 막대한 재원이 들어간다. 세금을 올릴 수밖에 없다. 증세 외에는 사회 양극화 해결의 기반을 마련할 방법이 없다.

사회 양극화를 위한 증세는 소득에 따른 누진성이 주어지는 직접세 위주로 이루어져야 한다. 더 많이 소유하고 벌어들이는 사람이 더 높은 비율의 세금을 분담함으로써 사회적 재분배가 일어난다. 그래서 증세 그 자체가 양극화 해소의 출발이 된다. 부가가치세 등 부자나 가난한 사람이나 똑같은 세금을 내는 간접세 인상은 바람직하지 않다. 재산세, 소득세, 법인세 등 직접세를 늘려야 한다. 이와 함께 사회를 투명하게 하여 불로소득을 찾아내고 세원을 늘리는 방안을 추진하는 게 바람직하다.

사회 양극화를 없애는 데에는 대기업 노동자들의 역할이 매우 중요하다. 이들과 연대하고 협력을 이끄는 정치력이 요구된다. 이들은 전체 노동자의 10% 비율이지만 실질적인 영향력은 그 이상이다. 대기업 노동자들은 90% 이상 조직되어 있으며 그 노동자들이 움직이면 한국 경제의 숨통을 쥐락펴락할 수 있다. 결코 작은 10%가 아니다. 이들이 다른 노동자들과 어떻게 연대할 수 있을지를 심각하게 고민해야 한다.

사회 양극화를 해소한다고 해서 생산 없이 복지만 할 수는 없다. 미래 성장 전략을 세우고 미래의 먹거리를 만들어야 한다. 지금까지 김대중 정부 때 꽃핀 IT 산업을 중심으로 발전해왔다. 4차 산업혁명의 물길 속에 전 세계 경제가 격변하는 지금 발전의 새로운 전략을 도출해야 한다.

이러한 미래 전략의 견인차 중 하나가 남북 화해이다. 이것은 민족이 하나가 되어야 한다는 이상주의적 당위에 그치지 않는다. 경제적이고 실용적인 차원에서도 매우 시급한 문제이다.

남한의 자본과 기술, 북한의 자원이 결합한다면 엄청난 시너지를 낼 수 있다. 문재인 대통령은 2019년 광복절 경축사를 통해 '평화 경제'의 비전을 제시했다. 남과 북의 역량을 합친다면 "각자의 체제를 유지하면서도 8,000만 단일 시장을 만들 수 있으며 통일을 이룬다면 세계 경제 6위권이 될 것이다. 2050년경 국민소득 7~8만 달러 시대가 가능하다는 국내외 연구 결과도 발표되고 있다"고 언급했다.

남과 북이 정치적인 통일을 이루는 것은 장기적 과제이지만, 화해와 협력을 통해 경제적 통일부터 이루어야 한다. 양극화의 해결은 큰 틀에서는 통일이라는 비전 아래 있다.

사회 양극화 해결이 정치적 목표

사회 양극화 해결을 숙명으로 받아들이고 이 일을 위해 모든 것을 바칠 정치인이 필요하다. 한 정치인이 모든 사회문제를 해결할 수는 없으려 그러려고 시도해서도 안 된다. 의정 활동을 하면서 자신의 중심 과제를 정하고 여기에 주력하는 게 바람직하다.

지역 민원도 중요한 일이지만 여기에 머무르지 않고 한국 사회를 바꿀 큰 비전을 품어야 한다.

나는 사회 양극화, 특히 대기업과 중소기업의 양극화에 따른 노동시장 양극화를 해결하는 데 헌신하고자 한다. 여기에 내가 살면서 쌓아온 현장 경험과 지식이 요긴하게 쓰일 것이다. 사회 양극화 해결이 나의 정치적 목표이며 과제이다. 그리고 운명적 소임이라 믿는다.

안전과 환경은
양보할 수 없는 가치

"돈을 잃으면 적게 잃는 것이요, 명예를 잃으면 많이 잃는 것이다. 그러나 건강을 잃으면 모두 잃는 것이다"라는 유명한 말이 있다. 맞는 말이다. 아무리 재산이 많고 명성이 자자하다 하더라도 건강하지 못하면 하나도 누릴 수 없다.

개인의 건강과 같은 결정적인 가치가 사회에도 있다. 안전과 환경이다. 안전하지 않고 환경이 파괴된 사회에서는 구성원이 생존하지 못한다. 제아무리 경제가 좋아진다 해도 내일 종말이 온다면 아무런 의미와 가치가 없다.

그래서 안전과 환경은 타협하거나 양보할 수 없는 가치이다. 그런데도 이 가치들이 쉽게 무시되고 훼손되는 현상을 자주 본다. 늘 안타까운 마음이다. 이제 발상을 바꾸어 최고의 가치들을 소중하게 지키고 가꾸어야 할 것이다.

안전한 세상, 안전한 노동

1994년 10월 21일 아침, 성수대교가 무너졌다. 등교하던 학생을 포함하여 17명의 아까운 생명이 희생되었다. 그 후 1년이 채 지나지 않은 1995년 6월 29일 오후에는 삼풍백화점이 붕괴되었다. 502명이 목숨을 잃었으며 6명이 실종되었다.

국제적인 대도시의 공공시설물, 풍요의 상징 같은 화려한 백화점 건물이 하루아침에 내려앉은 이유는 무엇일까? 사람보다 돈을 더 중요하게 여기는 풍조, 한국 사회의 총체적 부패와 무능이 이런 참사를 낳았다. 이 두 사건은 안전에 대한 사회적 인식을 바꾸는 계기가 되었다.

그러나 2014년 4월 16일, 우리는 참혹한 경험을 했다. 눈에 넣어도 아프지 않을 내 자식 같은 꽃다운 아이들을 포함한 수백 명의 승객을 태운 배가 서서히 가라앉는 모습을 무력하게 바라보고 있어야만 했다. 사람들의 생명을 구해내지 못하고 우왕좌왕하는 정부의 모습에 비참한 심경이었다. 그리고 참사의 진실을 제대로 규명하지 못하고 희생자와 유가족을 조롱하는 인면수심에 분노해야 했다.

한 해 5,000명 가까운 어린이가 보행 중 교통사고를 당한다. 그중 500명은 어린이 보호구역(스쿨존) 안에서 차에 받혀 다치거나 목숨을 잃는다. 현실이 이런 데도 '민식이법'과 '하준이법' 등 어린이 교통사고 예방과 대처를 위한 입법에 얼마나 난항을 겪었던가.

우리는 과거보다 더 발전하고 잘살게 되었다고 믿었지만, 불안한 사회에서 한 치도 더 나가지 못했다.

노동 현실은 어떤가? 2018년 한 해에만 2,142명이 산업재해로 세상을 떠났다. 사고로 971명, 질병으로 1,171명으로 사망했다. 더 심각한 문제는 산업재해 사고가 줄어들지 않고 있다는 것이다. 이것이 세계 10위권 경제 대국 대한민국의 노동 안전 실태이다. 그렇지만 개정된 산업안전보건법은 예외와 유예 조항이 가득하여 노동자들을 위험으로부터 보호하는 역할을 제대로 할 수 있을지 의심스럽다.

소설가 김훈 선생은 "죽음의 숫자가 너무 많으니까 죽음은 무의미한 통계 숫자처럼 일상화되어서 아무런 충격이나 반성의 자료가 되지 못하고 이 사회는 본래부터 저러해서, 저러한 것이 이 사회의 자연스러운 모습이라고 여기게 되었다"고 자조했다.

안전하지 않은 일터와 생활환경은 사회적 하층으로 갈수록 더 심각하다. 사회 양극화의 비참한 현실이 소중한 생명이 걸린 안전 문제에까지 치명적으로 확장된 것이다.

안전을 번거로워하지 않고 안전을 위해 불편과 비용을 감수하는 태도가 사회적 가치와 문화로 확산되어야 한다. 공공은 원칙을 철저히 준수하고 기업은 규제를 기꺼이 받아들여야 한다.

국민 안전의 가장 중대한 영역은 국가 안보이다. 외부의 위협과 침략으로부터 국민을 안전하게 지키는 것은 한시도 허투루 대할 수 없는 절대 가치이다. 강한 군사력과 현명한 외교력을 발휘해 국민의 보존과 안정을 이루어야 한다.

또한, 국가 안보는 생활과 노동의 안전이 모이고 확장되어 이루어지는 것임을 잊지 말아야 한다. 이른바 '포괄 안보'라는 진전된 개념이 요구된다.

환경 인식의 전환

보수와 진보, 부자와 가난한 사람을 가리지 않고 한목소리로 대한민국의 문제로 꼽는 게 하나 있다. '미세먼지'다. 미세먼지는 파괴된 환경이 우리 삶을 어떻게 위협하는지를 생생하게 보여준다. 그리고 미세먼지는 환경이 무너지기 시작했음을 상징하는 신호탄이기도 하다.

이제 환경 문제의 인식을 바꾸어야 한다. 우리나라 환경 인식은 1980년대에 머물러 있다는 느낌이 든다. 산업 발전을 위해서

미세먼지로 덮힌 천안. 이제 환경 파괴의 발생원부터 철저히 통제하는 대책이 필요하다. 환경을 위해 얼마나 지출할 수 있느냐에 미래가 달려 있다.

환경 규제를 느슨하게 풀어야 한다는 생각에 사로잡혀 있다.

산업 시설이 많지 않고 자동차도 거의 없던 1980년대에는 오염 물질 배출 기준이 조금 느슨해도 어느 정도 자정 작용이 일어날 수 있었다. 그러나 지금은 다르다. 산업 시설이 수없이 건설되었고 차량도 엄청나게 늘었다. 물론 과거보다 기준이 강화되긴 했지만 아직도 느슨한 부분이 많다. 1인당 국민총소득 1만 달러 시대의 환경 인식을 3만 달러 시대에 그대로 적용한다면 재앙과 가까운 위기를 불러올 수 있다.

국가기후환경회의에 참석해서 반기문 전 UN 사무총장을 만난 적이 있다. 그때 미세먼지를 비롯한 환경 문제에 대해 깊이 대화했다. 환경에 대한 국민 인식을 바꾸는 것이 급선무라는 데 의견이 일치했다. 현재 미세먼지 대책은 이미 발생한 것을 어떻게 처리하느냐에 초점이 맞추어져 있다. 발생원에서 원천 봉쇄하는 단계로 나아가지 못하고 있다.

이제 환경 파괴의 발생원부터 철저히 통제하는 대책이 필요하다. 경제적인 이유로 오염 물질 배출 기준을 약화해서는 안 된다. 오히려 더 강화해야 한다. 환경 관련 기술이 상당히 발전한 상태다. 문제는 비용이다. 환경을 위해 얼마나 지출할 수 있느냐에 미래가 달려 있다. 비용이 아깝다고 환경을 파괴할 수는 없다. 필수적인 일이라는 인식에서 비용 지출을 기꺼이 받아들이는 진전된 인식이 공공과 기업 모두에 필요하다.

충청남도는 산업 시설이 많은 데다 전국 화력발전소 60기 중 30기가 몰려 있다. 노후 화력발전소 폐쇄 등 과감한 환경 보호 정책을 시행해나가야 한다. 깨끗한 환경을 잃는 것은 우리 모두의 미래를 송두리째 빼앗기는 끔찍한 불행임을 잊어서는 안 된다.

너른 품을 내어주는 정치

정치는 우리 사회를 감싸 안는 너른 품이어야 한다!

약하고 가난하고 지친 사람을 품어주고 그들의 눈물을 닦아주는 것. 그것이 정치의 출발이다. 정치는 모든 사람을 존엄한 인간으로서 귀하게 대접하고 그들이 물질적으로 풍요롭고 정신적으로 여유로우며 행복을 느끼며 살 수 있도록 도와야 한다. 그러기 위해 정의와 공평을 사회 제도와 문화로 정착시키는 것이 정치의 본령이다.

하지만 한국의 정치는 그 역할을 제대로 하지 못해왔다. 과거에는 군사 독재의 엄혹함이 국민을 짓눌렀다. 국민의 생명과 재산과 행복을 지키라고 준 총칼로 국민을 위협하고 해치며 자신의 권력욕을 채우고 부정과 부패를 일삼았다. 그때 젊은 학생들과 시민이 목숨을 걸고 일어섰다.

비교적 최근에는 권력을 사유화하고 음험한 밀실에 숨어 자신과 자기 주변 기득권층의 안녕만을 위해 대다수 서민의 안전을 해치고 행복을 위협한 정치 권력이 존재했다. 이때도 국민이 촛불을 들고 일어섰다.

하지만 한국 정치의 갈 길은 멀다. 우리 사회는 여전히 기울어진 운동장이다. 문재인 대통령이 집권했지만, 청와대 권력만 바뀐 셈이다. 국회에는 여전히 정치의 구태를 벗지 못한 사람들이 득세하고 있다. 경제계를 비롯한 각계각층에서 개혁에 대한 저항이 거세다. 민주개혁 세력이 더 많이 정계로 진출해야 하고 더 장기적으로 권력을 유지해야 한다. 그래야 기울어진 운동장이 평형을 이루면서 우리 사회가 양 날개를 펼치며 비상할 수 있을 것이다.

정치 혁신이 필요한 이유

우리나라는 아직 좋은 사회라 말하기 어렵다. 더 정의롭고 공평하며 행복한 나라로 바뀌어야 한다. 물론 과거에 비해 나아졌다. 훨씬 더 풍요해졌고 형식적·절차적 민주주의가 회복되었다. 그렇지만 국민은 행복하지 못하다. 삶은 여전히 퍽퍽하며 박탈감에 시달리고 있다. "예전에는 한 끼밖에 못 먹고 살았는데, 지금은 두 끼는 먹게 되었으니 만족해야 한다"고 주장할 수는 없다. 누군가가 내 몫의 한 끼를 챙겨서 네 끼를 먹고 있기 때문이다.

사회는 양극화되었고 차별이라는 암적인 문화가 번지고 있다. 요즘은 초등학생마저 부모의 경제력을 기준으로 무리를 짓는다고 한다. '휴거', '빌거', '월거'라는 말이 아이들 사이에서 유행한다는 이야기를 들었다. 무슨 말인가 했더니 임대 아파트인 휴먼시아에 사는 거지라고 '휴거', 빌라에 사는 거지라고 '빌거', 월세 사는 거지라고 해서 '월거'라 부르며 아이들을 따돌린다는 것이다. 소름이 끼칠 정도로 두려움이 생겼다. 교육학자에게 과거 '왕따'에는 교육적 순기능이 있었다는 이야기를 들었다. 옛날에는 또래 문화와 정의를 기준으로 친구들 사이의 룰을 지키지 않는 아이를 낮은 수준에서 왕따시킴으로써 사회화를 했다고 한다. 그러나 현재의 왕따는 인간에 대한 존중이 없는 가학적인 차별이다.

사회에는 차이가 존재할 수밖에 없다. 부자와 빈자, 강자와 약자가 항상 생긴다. 그러나 이 모두가 함께 존중받는 사회가 되어야 한다. 이 당연한 일이 어려워지고 있다는 점에서 우리 사회의 위기가 도사리고 있다.

위험한 수준으로 치닫고 있는 사회적 격차와 차별을 없애고 공평과 정의를 회복하기 위해서는 정치를 혁신하여 그 수준을 높여야 한다. 나는 여기에 힘을 보태고자 정치를 결심했다. 다른 사람의 아픔을 어루만져주지 못하고 약한 사람을 일으켜주지 못한다는 깨달음이 생긴다면 나는 그 즉시 정치를 그만둘 것이다. 그런 정치는 하지 않느니만 못하기 때문이다.

후진적 정치 문화

한국의 정치가 제대로 작동되지 않고 있다. 야당은 정책 대안을 제시한다거나 미래에 대한 비전 없이 정부·여당이 잘 안 되는 것을 목표로 삼는 저급한 수준에 머물러 있다. 이것은 정치랄 것도 없는 패거리 싸움에 지나지 않는다. 장터 깡패들이나 하는 짓을 정치의 이름으로 버젓이 일삼고 있다.

정치에는 늘 의견 대립이 생기게 마련이다. 그래서 싸운다. 그런데 그 싸움이 국민 이익을 위한 것이어야 의미가 있다. 자기 정파가 잘되는 데만 집중한다면 싸움에 의미가 없다. 국민은 재미도 없는 격투기 시합이나 구경하자고 애써 투표하고 세금을 내어 국회를 유지해주는 것이 아니다.

자신의 이익을 위해 사생결단으로 싸우는 것. 이것이 후진적 정치 문화의 전형적 모습이다. 보수 야당이 과거 시민과 학생들이 권위주의 정권과 맞설 때는 쳐다보지도 않던 거리에 나서서 아스팔트 정치를 하고 있다. 오로지 자신들의 정치적 이익을 위해서이다.

나는 이들을 그냥 내버려 두는 게 옳다고 본다. 정치적 공방과 설득이 필요하지만, 상대가 몽둥이를 들고나온다고 나도 몽둥이를 들고 사람을 때릴 필요는 없다.

정치적 출세주의 극복

사회의 발전과 사람의 행복을 위해서 헌신하겠다는 좋은 사람이 정치권에 많이 들어와야 한다. 그들이 풀뿌리 민주주의 현장인 기초의회와 광역의회, 국회를 채워야 하며 다른 공직에도 진출해야 한다. 정치를 출세의 수단으로만 여기는 사람들이 득세하지 못하게 해야 한다. 이들은 시민을 외면하고 자신의 이익만을 추구한다. 심지어는 자신과 뜻을 함께한 당원조차 소홀히 대한다. 같은 당원을 소중히 여기지 않는 사람이 시민을 소중하게 여길 리 없다.

나는 이런 무능하고 나쁜 정치인을 보면서 정치에 회의를 느낀 적이 있다. 그러나 곧 생각을 바꾸었다. 플라톤의 말을 현대적으로 해석한 "정치를 외면한 가장 큰 대가는 가장 저질스러운 인간들에게 지배당하는 것이다"라는 구절을 떠올렸다. 욕하고 떠난다면 나쁜 정치인이 더욱 기승을 부리고 정치 현실은 더 나빠질 것이다. 정치 현실이 나쁠수록 더 참여해야겠다는 생각이 들었다.

정치에 관심을 두고 참여하여 변화를 이루어야 한다. 작은 변화가 모여 큰 변화를 이룬다. 지역을 바꾸고 나라를 바꾸겠다는 일념으로 더 큰 뜻을 품는 것도 의미 있는 정치적 도전이라고 생각한다.

정당 민주주의 발전

한국 정치의 발전을 위해서는 정당의 당내 민주주의가 회복되어야 한다. 한국의 정당들은 당원 중심으로 운영되지 않는다. 당원의 뜻보다 실력자, 명망가의 의지가 정당의 행보를 좌우하는 경우가 많다.

정당의 지역위원회만 해도 지역위원장이나 실세가 중심이 된다. 그들이 기초의원의 공천을 좌우하는 경우도 많다. 이때 시민들에게 봉사할 수 있는 선량하고 능력 있는 사람이 아니라 자신에게 충성하는 사람을 선호한다. 자신을 위해 조직을 관리해주고 선거운동을 위해 열심히 뛰어줄 사람을 공천하려 한다. 이런 경향이 퍼진다면 훌륭한 인재가 풀뿌리 민주주의 장으로 나가지 못하게 된다.

나는 공직 피선거권을 갖는 권리당원이 되려는 사람은 지역사회에서 50~100장의 입당원서를 받아오도록 하는 식의 규정을 마련하는 게 좋다고 생각한다. 지역민의 입당원서를 받는 일은 쉽지 않다. 지역사회에서 제대로 모범적으로 살고 신뢰를 받아야 가능하다. 이렇게 존경받는 사람이 정당에 들어오고 정치권에 진출해야 정치가 신뢰를 받게 되고 더 좋은 사람들이 많이 들어올 수 있다.

정당이 하향식 운영에서 상향식 민주주의로 바뀌어야 한다. 공직 후보자 공천이 당원에 의한 상향식 공천으로 바뀌는 게 중요하다. 평당원은 정치 엘리트의 눈치를 보는 머슴이 아니라 정당을 실질적으로 움직이는 주인이 되어야 한다. 지금은 지역위원장이 문제가 있어도 당원의 뜻으로 바꾸는 것이 사실상 어렵다. 평당원들이 정치적 영향력을 행사하는 당내 민주주의가 정착될 때 자질 있는 정치인이 더 많이 정치권에 들어올 수 있다.

현대 정치에서 당원의 역할이 약해지고 있다. 당원 없는 정당, 정당 외부의 여론과 힘으로 움직이는 정당의 모습이 보편화 되고 있다. 그러나 평당원 중심의 당내 민주주의는 그 중요성이 퇴색하지 않았다. 작은 민주주의, 일상의 민주주의를 구현할 수 있어야 국가 단위의 더 큰 민주주의를 발전시킬 수 있기 때문이다.

5장

따뜻한 마음의 품

마음의 힘

고통의 근원

나는 태생부터 과학적이고 논리적인 성향이 강하다. 모든 일은 환경과 행동이 상호작용한 결과라 여겨왔다. 대학 때 운동권 스터디를 하며 유물론을 공부했다. 관념적 성향이 강한 후배들은 혼란을 겪었는데, 나는 원래 생각과 비슷했기에 큰 거부감 없이 받아들였다.

그러나 세월이 흐르면서 점점 정신적 가치와 종교의 영역에 관심을 두게 되었다. 특히 사람의 '마음'에 매력을 느꼈다. 마흔 살이 넘어서 불교에 심취했고 따로 공부하면서 불교적 세계관을 갖게 되었다. 하지만 종교에 대한 편견은 없다. 가톨릭이나 개신

교인의 신앙을 존중하며 그들과 마음을 열고 대화한다. 종교와 관계없이 영성이 뛰어난 사람들은 훌륭한 인격을 갖춘 경우가 많았다.

내가 느끼기에 불교와 기독교는 신앙의 관점이 다른 것 같다. 기독교는 신이라는 분명한 신앙의 대상이 있다. 신을 신뢰하고 의지한다. 신의 가르침대로 살려고 노력한다. 그런데 불교에서는 신앙의 대상이 외부가 아닌 자신의 내면에 있다. 이것을 '참 나'라고 부른다. 모든 사람이 '참 나'를 가지고 있는데 그것을 찾아가는 과정이 수행이다. 쉽게 생각하면 내 '마음'에 절대적 가치가 내재했다는 뜻이다.

일본에서 돌아와 창업한 후에 숱한 어려움을 겪었다. 내 뜻대로 되는 일이 없었다. '나는 왜 이리 항상 안 풀릴까?' 하는 의문을 품고 생활했다. 천안에서 사업을 시작한 후 경제적인 어려움은 어느 정도 해결되었지만, 또 다른 치명적인 스트레스가 생겼다.

환경 산업은 여러 가지 민원에 시달리기 마련이다. 폐기물은 쉽게 말해 쓰레기다. 쓰레기나 그것을 처리하는 시설이 내 근처에 있는 것만으로도 불쾌하다. 악취가 나는 것 같고 시끄럽고 공기도 매캐한 것 같이 느껴진다. 실제는 그렇지 않은데도 그런 느낌을 지울 수 없다. 그래서 "물이 더러워졌다", "냄새가 난다", "공기가 탁하다" 등의 민원을 제기하는 사람들이 많다. 정밀하게 측정해보면 거부감에서 비롯된 과장된 느낌이 대부분이다.

그리고 경쟁 업체에서 악의적인 공격을 하는 일도 종종 있다. 감독기관에 우리 회사가 규정을 위반했다는 거짓 투서로 제보하기도 한다. 감독기관이 조사해보면 사실이 아님이 금방 드러난다.

이럴 때면 심적으로 엄청난 고통을 느꼈다. 구체적으로 대응할 일이 없다는 것도 답답했다. 잘못된 실체가 있다면 고쳐서 해결할 수 있지만 바로잡을 게 없는데도 오해와 모함을 당하면 손 놓고 기다릴 수밖에 없다. 결백이 밝혀져도 깊은 상처가 남았다. 내 마음을 다스리는 게 어려웠다. 마음이 맑지 못하니 판단이나 행동이 성급해졌고 분노와 근심이 내면을 휘감았다.

일체유심조

그 무렵에 우연히 경북 청도에서 한 스님을 만났다. 그는 유명하지도 않고 큰스님도 아니었지만 자애롭고 통찰력이 있었다. 스님은 나에게 "모든 것이 마음에 달려 있으니 마음공부를 하고 마음을 다스리라"는 정문일침(頂門一鍼)을 던졌다. 혼란스럽던 머릿속이 명징해졌다. 과연 그랬다. 모든 고통이 내 마음에서 비롯된 것이었다. 일체유심조(一切唯心造)의 깨달음을 얻었다.

마음의 힘이 우러나는 정치를 하고 싶다. 부처의 마음으로 모든 사람을 대하고 더 나은 세상을 지향한다면 그것이야말로 정치의 최고 경지가 아니겠는가.

마음에 대해 더 깊이 공부하고자 보조국사 지눌이 쓴 『수심결』을 읽었다. 마음이 무엇인지, 마음을 닦는 방법이 무엇인지에 대한 혜안이 넘치는 책이다.

세상은 불타는 집과 같아서 뜨거운 번뇌로 가득하며 인간은 그 속에서 긴 고통을 받고 있다. 이 고통을 벗어나는 길은 부처가 되는 것이다. 그러나 사람들은 어리석게도 자신의 몸이 참 부처인 줄 알지 못하고 자신의 성품이 법(法)임을 알지 못한 채 마음 밖에서 부처를 구하고 성품 밖에서 법을 구하려고 한다. 그러므로 진리를 구하려는 사람은 밖으로 향하는 눈길을 안으로 돌려 마음을 밝혀야 함을 역설한다. 그리고 마음의 본바탕은 물듦이 없고 본래부터 원만히 이루어진 것으로, 사람들이 허망한 분별만 없애면 곧 어엿한 부처가 됨을 가르친다.

지눌은 부처가 되는 수행법으로 돈오점수(頓悟漸修)를 이야기했다. 돈오(頓悟)는 자신의 본래 마음이 깨끗하고 번뇌가 없어 부처와 다름이 없음을 깨치는 것이며, 점수(漸修)는 깨우친 후에도 아직 남아 있는 어리석음을 여의고 더 깊은 곳으로 나아가는 수행이다.

내 마음이 곧 부처임을 알고 수행을 시작하면서 지혜와 평화를 얻었다. 번뇌와 악법이 근원이 되는 탐욕·성냄·어리석음의 삼독(三毒)과 탐욕의 덮개[貪欲蓋]·성냄의 덮개[瞋蓋]·수면의 덮개

[睡眠蓋]·도회의 덮개[掉悔蓋]·의심의 덮개[疑蓋]라는 오개(五蓋)를 경계하고 마음공부에 열중했다.

마음이 고요하고 맑아지며 새로운 세상이 보이기 시작했다. 내 경험과 지식에 따른 편견과 감정으로 덧씌워져 왜곡된 세상이 아니라 있는 그대로의 실체가 다가오는 느낌이었다.

사람에 대한 분노와 분별심이 없어졌다. 내 마음을 들여다보면서 다른 사람의 마음을 헤아릴 수 있게 되었다. 내가 부당함을 겪었다고 해서 분노하며 불화를 일으킬 일이 줄어들었다. '그럴 수 있겠구나'라고 생각하며 그 사람을 이해하려 하고 그의 상황과 요구가 무엇인지를 살펴보면서 배려할 줄 알게 되었다. 그러면서 스트레스가 줄었다. 만약 '나는 잘하고 있는데, 저 사람이 왜 시비를 걸지'라는 불만을 씻지 못했다면 전혀 느끼지 못했을 평화였다.

좋은 사람과 나쁜 사람, 좋아하는 사람과 싫어하는 사람을 구분하는 분별심도 통제할 수 있게 되었다. 존중받아야 마땅한, 있는 그대로의 사람을 바라보면서 한결같은 마음으로 대하는 마음이 생겼다. 앞에서 이야기했듯 나는 사람을 분별하는 마음 때문에 정치에 부적격이라고 생각해왔었다. 하지만 분별심이 사라진 것을 확인한 후에는 모든 사람을 위해 헌신하는 정치에 뛰어들 자신감도 일어났다.

깨달음의 실천

불교는 내면의 깨달음만을 추구하지 않는다. 깨달은 후에 중생의 시름을 달래주고 세상을 더 나은 곳으로 만들기 위한 실천을 요구한다. 깨달음과 함께 하는 '해행(解行)'이 있어야 한다.

불교적 관점에서 네 종류의 사람을 생각해볼 수 있다. 첫째, 수행도 하지 않고 다른 사람을 위한 실천도 하지 않는 사람이다. 아무런 도움이 되지 않는 존재이다. 둘째, 수행과 깨달음 없이 실천만 하는 사람이다. 이들은 '탐진치(貪瞋痴)'의 번뇌와 분노를 제어하지 못해 스스로 고통에 빠진다. 셋째, 개인적 수행에만 몰두하는 사람이다. 이들에게는 사회적 실천이 없다. 넷째, 수행하고 깨달음을 얻으며 그것을 실천하는 사람이다. 자신도 성장하며 다른 사람도 이롭게 '자리이타행(自利利他行)'의 단계에 오른 존재이다.

이 이야기는 정치에도 적용될 수 있다. 깨달음도 이타심도 없이 자기 이익만 탐하는 무익한 정치인이 있고, 다른 사람을 위한다는 자부심으로 성급하고 어리석게 행동하여 스스로 고통과 분노에 빠지는 정치인도 있다. 이상에만 매몰되어 실천하지 않는 사람도 존재한다. 반면에 자기 수행과 깨달음의 경지에서 다른 사람을 위해 실천하는 수준 높은 정치인이 있다.

바른길로 나아가기

분별심, 즉 차별하는 마음은 다스려야 할 악덕이다. 하지만 분별은 있어야 한다. 정(正)과 사(邪)를 가려내는 정견(正見)이 필요하다. 어떤 현상에서 숨은 진리, 정(正)을 보고 그 지혜를 실천으로 옮기는 게 해행(解行)이 된다. 수행으로 지혜를 얻고 그 지혜로 현실에 이바지하는 게 바람직하다.

중도(中道)에 대한 오해가 많다. 중도는 회색이 아니다. 좌도 아니고 우도 아닌 가운데로 가는 것을 말하지 않는다. 중도는 올바른 길이다. 불교에서는 중도로 팔정도(八正道)를 제시하는데, 정견(正見)·정사(正思; 正思惟)·정어(正語)·정업(正業)·정명(正命)·정근(正勤:正精進)·정념(正念)·정정(正定)의 덕목은 모두 올바름을 지향하고 있다. 애매하게 중립을 취하는 것이 아니라, 바른길로 가고 올바른 편에 서는 것이 중도의 정치이다.

나는 불교의 가르침을 통해 정치를 훈련했다. 올바른 정치의 길이 무엇인지도 깊이 생각하게 되었다. 사악함이 없는 맑고 고요한 마음, 차별 없이 자애롭게 사람을 대하는 태도, 정의를 분별하는 지혜, 이타적인 실천의 가치에 대해 눈떴다.

마음의 힘이 우러나는 정치를 하고 싶다. 부처의 마음으로 모든 사람을 대하고 더 나은 세상을 지향한다면 그것이야말로 정치의 최고 경지가 아니겠는가.

어른은 품을 떠나
스스로 품이 된다

고향의 품을 떠나서

"잘되면 제 탓 못되면 조상 탓"이라는 속담이 있다. 책임을 전가하는 나쁜 습성을 꼬집는 말이다. 하지만 이것은 한국인의 보편적인 속성이 아니다. 간혹 눈에 띄는 한심한 사람들을 비꼬려고 만들어졌을 터이다.

내 또래 수많은 사람이 그랬듯 나도 가난과 고생으로 점철된 젊은 날을 보내왔다. 조상에게 물려받은 것으로 호의호식한 기억은 찾으려야 찾을 수 없다. 그래도 조상이 원망스럽다는 생각이 들지 않았다. 아마 내 존재의 뿌리에 대한 애착이 어린 시절부터 마음에 자리 잡았던 모양이다.

어려서 조부모와 증조부모 묘에 가면 미안한 생각이 들었다. 잘 꾸며진 부잣집 조상 묘와 비교해서 자존심이 상하곤 했다. 증조부모와 조부모가 초라한 공간에 잠들어 계시다는 게 송구스러웠다. '나를 왜 이리 고생시키십니까?' 하는 원성 대신 '제가 자라서 성공하며 훨씬 더 좋은 곳에 모시겠습니다' 하는 마음이 생겼다. 그리고 나이가 들면서 이 다짐은 소원이 되어 늘 내 마음 한구석에 남아 있었다.

그리고 드디어 그 뜻을 이룰 기회가 찾아왔다. 풍수지리에 관한 책을 읽는데, 우리 고향 뒤에 좋은 터가 있다는 내용이 나왔다. 그곳을 수소문해보았고 정확한 자리를 찾았다. 그 과정에서 놀라운 사실이 발견되었다. 그 땅은 가까운 선대까지 우리 가문의 소유였다. 큰증조할아버지의 장손이 팔았다고 한다. 시골 야산이라 땅값도 싸고 발전 가능성도 없지만 깊은 애착이 갔다. 그리고 몇 년 공을 들여 그 땅을 매입했다.

애초 계획은 5~6대조 조상들까지 모두 그곳에 모시는 것이었는데, 종가에서 반대해서 증조부모, 조부모, 부모님 묘역만 조성했다. 어릴 때 꿈처럼 깔끔하고 품위 있는 묘로 만들었다. 그리고 땅 한쪽에 자그마한 집을 하나 지었다. 제실(祭室)로도 쓰고 고향에 온 사람들이 쉬어갈 수 있는 공간이 있었으면 좋겠다고 생각한 것이다.

내 고향은 전라남도 장흥군 유치면 송정리이다. 이곳은 장흥
댐이 생기면서 물속에 잠겼다. 추억이 서린 고향 마을의 모습은
흔적도 없이 사라지고 머릿속에만 남아 있다. 동향 출신의 다른
사람들도 이 아쉬움은 마찬가지일 것이다. 이런 분들이 고향을
찾았을 때 쉬어갈 곳 하나 만들고자 한 바람도 이루어졌다.

다섯 형제의 아들 중에서 각 한 사람씩 다섯 사람이 공동으로
이곳의 토지 등기를 했다. 대를 이어 지키고 가꾸라는 뜻이다.

고향의 품에서 자라고 그곳을 그리워했고, 이제 그 품을 떠나
서 작은 품 하나라도 마련하려던 소망은 이루어졌다. 마음속에
자리 잡은 큰 짐을 덜어내어 기쁘고 홀가분한 마음이다.

천안을 위한 품을 펼치다

고향의 품을 떠나온 나는 두 형과 두 누님, 두 동생과 함께 천
안이라는 낯선 곳에 새로운 둥지를 틀었다. 천안은 지친 나를 일
으켜 세워준 따뜻하고 너른 품이었다. 이제 이 품을 떠나 스스
로 품이 되어야 한다는 소명의식을 되새긴다. 태를 묻은 고향 마
을에는 작은 품을 하나 만들었는데, 이곳 천안에도 포근한 품을
만들어 은혜를 갚아야겠다는 마음을 안고 살아간다.

앞에서 이야기했듯 회사를 운영할 때에는 함께 일하는 직원
들을 선량하게 대하고 지역사회와 함께하는 기업이 되도록 노력

하는 것이 하나의 실천이었다.

그리고 정치에 뜻을 품었으니, 정치를 통해 천안 주민을 위한 품이 되기를 바란다. 천안은 대한민국의 축소판 같다는 생각이 든다. 발전을 거듭하며 큰 도시로 성장했지만, 그 과실이 골고루 돌아가지 않았다. 대기업과 중소기업 양극화, 노동시장 양극화, 소득 양극화 현상이 나타났다. 한 도시 안에서 발전된 지역과 낙후된 지역의 양극화도 빚어졌다. 이 간격을 없애고 고루 발전하고 함께 잘사는 지역으로 이끄는 게 나의 역할이라고 생각한다.

천안은 충청남도에서 인구가 가장 많은 중심 도시이다. 천안의 발전이 충청남도의 발전이고 충청남도의 발전이 곧 천안의 발전으로 이어진다. 천안이 충청남도와 유기적인 발전을 이루는 데 견인차가 되고 싶다. 도지사 비서실장으로서 도정에 참여한 경험, 도지사를 비롯한 충남도청과의 유기적인 관계 등을 바탕으로 천안과 충청남도의 동반 발전에 큰 힘을 보탤 수 있으리라 믿는다.

그리고 문재인 대통령의 선거운동을 힘껏 도왔고 문재인 정부의 성공을 위해 달려온 사람으로서 정부·여당과 지역을 잇는 가교역할을 충실히 할 수 있을 것이다.

나는 작은 은혜도 잊지 않고 살아왔다. 나에게 품을 내어준 곳에서 성장한 후에 스스로 작은 품을 만들고자 노력해왔다.

지금도 천안의 품을 느낀다. 이제 떠날 때가 왔다. 나를 어른으로 만들어준 천안에서 포근하고 너른 품을 펼칠 것이다. 그곳에 주민의 행복이 깃들기를 바라며 이를 위해 온 힘을 다 바치려 한다.

가족이라는 울타리

가족이라는 이름의 행복

감사하게도 나는 단란한 가정을 이루었다. 사랑스러운 아내와 두 아들, 딸 하나와 함께하고 있다. 아내는 광주광역시에서 중학교 교사로 일하고 있다. 큰아들은 군 복무 중이다. 작은아들은 대학을 졸업하고 학사장교로 임관하려 준비 중이다. 막내딸은 중학교에 다니는데, 엄마와 함께 지낸다. 각자 삶의 현장을 따라 각지에 흩어져 있다. 서로 생활 공간이 떨어져 있다 해서 가족의 결속이 흐트러지지는 않는다. 약간의 그리움 때문인지 더 애틋하고 친근하다. 이따금 주어지는 함께 모이는 시간을 더 풍요롭게 만끽한다.

가족과 함께해온 길다면 길고 짧다면 짧은 시간 동안 숱한 사연을 만들었다. 그 기억이 마음에 아로새겨졌다. 늘 고맙고 미안하며 자랑스러운 마음 가득하다. 애틋한 기억들과 고마운 마음을 책 속에 담으려 생각했었지만, 이내 마음을 고쳐먹었다. 쑥스러움을 많이 타는 촌놈 기질 때문이다. "배우자 자랑, 자식 자랑을 하는 사람은 팔불출"이라는 핑계로 그 이야기는 기약 없이 미룬다.

화목한 가족이라는 울타리가 우리 삶에서 얼마나 크고 따뜻하며 힘을 북돋우는 품이 되는지는 우리 모두 잘 알고 있다. 이 멋진 품을 가지게 된 것에 행복감을 느낀다. 그리고 여러 이유로 가족 공동체가 흔들리는 아픔을 겪는 이들에게 회복의 희망을 전하는 사람이 되고 싶다. 특별히 경제적인 어려움으로 행복을 빼앗기는 사람이 없도록 노력하려 한다.

더 큰 가족을 향하여

천안에서 새로운 사업을 시작한 큰형이 동생들을 불러들여서 우리 형제자매들은 모두 천안에 자리를 잡았다. 같은 사업을 함께하며 우애 있게 살고 있다. 이런 우리 형제자매가 부럽다는 말하는 사람을 꽤 많이 만났다. 이 또한 천안이라는 너른 품이 선사한 큰 복이다. 우리 형제자매들은 천안이 준 이 은혜를 반드시 갚겠다는 이야기를 자주 나눈다.

칠순을 넘긴 큰누님은 어머니처럼 느껴진다. 젊어서 남편을 여의고 억척스럽게 살아왔고 자녀를 잘 키웠다. 큰형님은 일찍 세상을 떠난 아버지, 병약한 어머니를 대신하여 일찍부터 가장의 짐을 졌다. 동생들을 건사하며 집안을 일으켰다. 작은형님은 법 없이도 살아갈 온화하고 점잖은 사람이다. 온화하게 큰형님을 돕고 동생들을 챙겨왔다. 내 바로 위에 누님이 한 분 계셨는데, 향년 59세로 세상을 떠났다. 실컷 고생하고 누리지 못하고 세상을 떠난 누님을 생각하면 가슴이 시리다. 내 아래에는 두 남동생이 있다. 둘 다 선량하고 따뜻하며 부지런하다.

우리 형제들은 1년에 6번 제사를 모신다. 증조부모 제사, 조부모 제사, 부모님 제사, 6·25 전쟁 때 자식 없이 돌아가신 삼촌 부부 제사, 설날, 추석이다. 증조부, 증조모, 조부, 조모, 아버지, 어머니 각각 제사를 지냈다가 최근에 합쳤다. 제사는 가족이 함께 모이고 소통하는 소중한 기회가 된다. 물론 형제와 조카들 수십 명이 모이는 자리를 만들고 상을 차리는 게 보통 일이 아니지만, 큰형수의 통 큰 희생과 온 가족의 협조 속에 전통을 지켜나가고 있다.

나는 가문이라는 정체성 아래에서 형제자매가 우애 있게 지내고 전통을 지켜가는 과정을 통해 정치의 한 가능성을 본다.

유교적 정치관은 '충효(忠孝)'로 압축된다. 효가 충으로 확장되는 원리이다.

서구식 합리주의 시각을 지닌 사람은 사적 윤리인 '효'가 공적 윤리인 '충'으로 확장되는 데서 문제가 생긴다고 지적한다. 온정적인 태도가 합리적 행동을 가로막는다는 것이다. 일리가 있지만 달리 생각할 여지도 있다.

공적 마인드와 도덕성의 기반 위에서 내 부모를 대하듯, 내 아이를 대하듯, 내 형제를 대하듯 모든 사람을 대한다면 정치가 발전할 것이다. 더 따뜻한 마음을 갖고 더 헌신적으로 섬기기 때문이다.

천안으로, 충청남도로, 그리고 대한민국으로 함께 기쁨과 슬픔을 나눌 가족의 울타리를 더 키워나가는 정치를 꿈꾼다.

신뢰와 격려

뜻대로 안 되는 게 세상일

세상사와 부대끼며 알게 된 진실이 하나 있다. '세상일이 내 뜻대로 안 된다'는 것이다. 사업을 할 때도 도지사님을 보좌할 때도 마찬가지였다. 지나고 생각하니 내 뜻대로 된 것을 찾아보기 힘들 지경이다. 그중에서도 가장 뜻대로 안 되는 게 '사람'이다. 작은 진심 하나도 제대로 전달되지 않는다.

법륜 스님의 『즉문즉설』을 읽으니 이에 관한 내용이 나왔다.

"'세상이 내 뜻대로 안 되는 게 정상이다' 이렇게 생각하세요. 그러면 내 뜻대로 안 되어도 괴롭지가 않을 겁니다. 괴롭지 않은 상태에서 내 뜻대로 하고 싶으면 계속 노력하면 언젠가는 이룰 수 있습니다. 다만 그렇게 할 뿐이지요.

여기 멋있는 남자가 있어서 열 여자가 다 이 남자하고 결혼하고 싶어 합니다. 그런데 이 열 여자가 바라는 대로 되려면 어떻게 되어야 할까요? (…) 여러분들 모두 일은 조금 해도 돈은 많이 벌어서 마음껏 쓰면서 살고 싶지 않나요? 만약 모두의 뜻대로 된다면 세상은 뒤죽박죽이 되겠지요. 또 한국에 사는 부모라면 누구나 자기 자식을 서울대학교에 보내고 싶어 하지 않나요? 그게 모두 이뤄진다면 서울대학교는 어찌 되고 나머지 대학들은 또 어찌 될까요? 그러니까 세상이 제 뜻대로 되면 안 됩니다. 제 뜻대로 안 되니까 세상이 이 만큼이라도 굴러가는 것입니다."

내 뜻보다 더 나은 결과

둘째 아들이 공부를 열심히 하지 않아서 속을 꽤 썩인 적이 있다. 아들을 못마땅하게 느끼기도 했다. 하지만 내 생각을 강요하지 않았다. 믿고 기다리기로 했다. 공부를 못하는 것은 큰 문제가 아니었다. 삶의 목표와 성실성을 지니고 다른 사람을 위하는 마음을 갖게끔 하고 싶었다.

하지만 강요하지 않기로 했다. 떨어져 지내는 아들과 이메일이나 영상통화로 틈나는 대로 소통했다. "공부 열심히 하라"는 말 대신에 "다른 사람에게 쓸모 있는 사람이 되도록 노력하라"는 말을 건넸다. 마음공부도 권했다. 함께 템플 스테이도 하고 선원에도 갔다. 그때도 내 관점을 밀어붙이지 않았다. 스스로 마음이 향하는 대로 선택하게 두었다.

애를 먹이던 작은아들은 이내 철이 들었다. 생활에 중심을 잡고 자신의 길을 개척했다. 최근에 중국의 칭화대학을 졸업했다. 졸업식에서 유학생 대표로 연설을 했는데, 대견한 마음이 들었다. 내가 억지로 강요한 것이 아니라 자신이 스스로 만들어온 길이기에 더 뿌듯했다.

'세상일이 내 마음대로 되지 않는다'고 인정하는 것은 소극적인 체념이 아니다. 그것은 너른 품을 갖는 일이다. 사람의 존엄성과 잠재력을 믿고 기다리는 것이다.

정치도 마찬가지라 믿는다. 때로는 신뢰와 인내가 필요하다. 대한민국 국민은 위대하다. 역사의 위기 때마다 혼연히 일어나 불의를 물리치고 정의를 세웠다. 이런 국민을 믿지 못한다면 정치에 나설 자격이 없다.

한국의 정치 현실이 답답하고 안타까울 때가 많다. 최근 검찰과 재벌 등 기득권층과 보수 야당의 행태를 보면 암담한 생각까지 든다. 세상일이 다 그러려니 하고 기다리는 건 태만하게 느껴진다. 하지만 그 상황에서도 국민을 믿고 기다려야 한다. 뜻을 함께한 당원들과 시민들의 역량에 의지할 수밖에 없다.

결과는 정해져 있다. 위대한 국민이 이기고 정의가 이긴다. 선량하고 성실한 사람이 역사의 주인공이 된다. 정치가 할 일은 묵묵히 그 승리의 발판이 되어 믿고 기다리는 것이다. 그러면 내 뜻보다 더 크고 아름다운 결과가 찾아온다.

신뢰와 격려의 너른 품을 한껏 벌려 벅찬 미래를 맞이할 것이다.

나도 누군가의
따뜻한 품이 되고 싶다

나를 품어준 사람

내가 크게 의지하는 사람이 한 분 있다. 우리 집 살림을 도와
주시는 할머니이다. 주말부부라 가사를 챙기기 힘든 나에게 큰
버팀목이 되는 분이다.

글을 쓰는 지금은 이 할머니의 도움을 받은 지 13년째이다. 내
가 자랑스럽게 이 할머니 이야기를 하면 놀라는 사람들도 있다.
가사 도우미가 10년이 넘는 경우는 드물다고 한다. 말이 좋아 가
족처럼 지내는 것이지 돈이 오가는 관계는 어쩔 수 없다고 말하
는 이도 있다.

할머니는 경북 안동 출신인데, 속초로 시집을 갔고 남편을 따

라 천안으로 옮겨왔다. 석축 쌓는 기술자인 남편은 자존심이 강하고 꼿꼿한 분이었는데, 6년 전에 세상을 떠났다. 자녀도 다섯을 두었다.

내가 할머니를 처음 만난 것은 12년 전이다. 믿을 만한 가사 도우미를 찾던 나에게 지인이 소개해주었다.

할머니는 장석주 시인의 「대추 한 알」이라는 시를 떠올리게 했다. 긴긴날 천둥과 벼락, 무서리와 땡볕, 초승달을 끌어안고 붉어진 대추 알처럼 인생의 풍상 속에서 한없이 너그러운 인품을 가지게 된 것 같다.

우리 집 일을 맡은 지 두어 달 되었을 때 할머니가 고민 끝에 그만두겠노라는 이야기를 꺼냈다. 나는 무슨 일인지 궁금해 이유를 물었는데, 자신이 일하는 방식이 나에게 큰 도움이 되지 않는 것 같다고 했다. 표현이 서툴고 무뚝뚝한 내가 무언가 불만이 있다고 느꼈던 모양이다. 나는 그렇지 않다고 말하며 할머니를 붙잡았다.

할머니는 생각해보겠다고 대답하고 집으로 돌아갔는데, 그날 밤 생생한 꿈을 꾸었다고 한다. 낯선 할머니 한 사람이 찾아왔는데, 내 어머니라고 자신을 소개했다. 그러고는 "우리 아들 좀 잘 돌보아주세요"라고 부탁했다는 것이다. '어머니가 애끓는 마음으로 아끼고 걱정하는 아이들이구나'라고 생각한 할머니는 더 큰

나도 누군가의 따뜻한 품이 되어 살 것이다. 내게 전해진 온기를 더 뜨겁게 퍼뜨릴 것
이다. 그것이 내가 정치를 선택한 이유이다.

책임감을 품게 되었다.

걸어서 10~15분 거리에 사는 할머니는 매일 아침 6시 30분쯤에 우리 집에 도착한다. 서너 시간 청소며 빨래, 반찬을 챙긴 후 돌아간다. 비가 오나 눈이 오나 이 일과를 거르지 않았다.

할머니가 허리를 삐끗하여 두 달간 병원에 입원한 적이 있다. 그때 매일 문병했다. 그 기간에 다른 사람이 와서 가사를 챙겼는데, 큰 불편과 답답함을 느꼈다. 어머니가 어느날 갑자기 사라진 듯한 느낌이었다. 일상이 헝클어져 머릿속이 엉망이 되었다. 그러면서 내가 이 할머니를 깊이 의지하고 있다는 사실을 새삼 깨달았다.

나는 인생의 1/5을 이 분과 함께해왔다. 일찍 아버지가 돌아가셨고 어머니는 병약하셨기에 부모님과 나눈 시간이 부족한 나는 할머니에게 깊은 애착을 느끼게 되었다. 대가를 냈다고는 하지만, 돈으로 살 수 없는 것을 누려왔다.

부처님 같은 인내와 포용으로 나를 품어준 할머니에게 깊이 고마움을 느낀다. 그리고 요즘은 고민스럽다. 나이가 드셔서 일하는 게 힘들지 않을까 하는 염려 때문이다. 더 도움을 받고 싶지만 내 욕심만 차리는 것 같다. 이제 쉬시고 건강을 챙기시라고 말하고 싶지만, 그것이 할머니에게 도움이 될지도 불확실하다. 하루에 두세 시간쯤 움직이는 것은 오히려 건강에 좋을 수도 있다. 앞으로 할머니를 가장 선하게 대하는 게 어떤 것일지 여러 가지를 놓고 숙고하고 있다.

정치는 누군가를 품는 것

할머니는 나에게 정치가 무엇인지를 가르쳐주었다. 정치는 누군가를 품는 일이다. 학력과 경력이 특출한 엘리트가 아니라 사람을 따뜻하게 안아주는 너른 품을 가진 사람이 정치를 더 잘할 수 있다. 지치고 힘든 사람들이 그 품을 의지하고 그 품에서 쉬며 몸을 추스를 수 있어야 한다.

내가 차갑고 퉁명스럽게 느껴진다는 이야기를 가끔 듣는다. 그럴 때면 조금은 억울한 생각이 든다. 왜 그런 느낌이 생기는지 알기 때문이다. 나는 전형적인 촌놈이다. 쑥스러움을 많이 탄다. 얼굴이 익지 않은 사람에게 살갑게 대하는 데 능숙하지 않다. 내가 낯선 환경에서 쭈뼛하는 사이에 뻣뻣하고 냉정한 이미지가 생길 수도 있으리라. 하지만 이것은 나의 부족한 부분이다. 품을 더 키워서 내가 지닌 넉넉함과 따뜻함이 잘 전해질 수 있도록 더 노력할 것이다.

나는 화려한 인맥을 과시하지 않는다. 그것이 중요하다고 느끼지 않았다. 나를 도와준 할머니와 같이 평범하고 이름 없지만, 선량하고 따뜻한 사람의 도움을 받으며, 그 속에서 온기를 느끼며 살아오고 성장했다. 진정으로 사람을 감싸 안는 품이 어떤 것인지 잘 알고 있다.

이제 나도 누군가의 따뜻한 품이 되어 살 것이다. 내게 전해진 온기를 더 뜨겁게 퍼뜨릴 것이다. 그것이 내가 정치를 선택한 이유이다.

아낌없이 주는 너른 품

1판 1쇄 인쇄 2020년 1월 3일
1판 1쇄 발행 2020년 1월 10일

지은이 문진석

펴낸이 최준석
펴낸곳 한스컨텐츠
주소 경기도 고양시 일산동구 정발산로 24. 웨스턴돔 T1-510호
전화 031-927-9279 팩스 02-2179-8103
출판신고번호 제2019-000060호 신고일자 2019년 4월 15일

ISBN 979-11-966920-7-0 (03340)

이 도서의 국립중앙도서관 출판예정도서목록(CIP)은 서지정보유통지원시스템 홈페이지
(http://seoji.nl.go.kr)와 국가자료공동목록시스템(http://www.nl.go.kr/kolisnet)에
서 이용하실 수 있습니다. (CIP제어번호 : CIP2020000141)